진

DJINN : UN TROU ROUGE ENTRE LES PAVÉS DISJOINTS
by Alain Robbe-Grillet

세계문학전집
237

Alain Robbe-Grillet : Djinn—Un trou rouge entre les pavés disjoints

진

어긋난 포석 사이의 붉은 구멍

알랭 로브그리예 소설

성귀수 옮김

문학동네

일러두기

1. 번역 대본으로는 *Djinn*(Alain Robbe-Grillet, Les Editions de Minuit, 1981)을 사용했다.
2. (원주) 표시를 하지 않은 각주는 모두 옮긴이주다.
3. 본문 중 고딕체는 원서에서 이탤릭체로 강조한 부분이다.
4. 외래어의 표기는 국립국어원 외래어표기법에 준했으나, 일부는 현지 발음이나 관용에 따랐다.

차례

프롤로그

어느 누가 나선다 해도, 시몽 르쾨르Simon Lecœur의 이야기를 순전히 소설 같은 허구의 범주 속에 분류해 넣을 만한—나로서는 결정적이라 하고 싶은—단서는 존재하지 않는다. 오히려 균열이 난 것처럼 결함 많고 불안정한 이 텍스트의 여러 중요한 요소들은 놀랄 만큼, 그리하여 기분이 나빠질 만큼 고집스럽게 (우리가 잘 아는) 현실과 일치한다고 단언할 수 있다. 어쩌다 이야기의 다른 구성 요소들이 작정하고 현실을 이탈할 땐 늘 수상쩍은 구석이 있어, 마치 어떤 비밀스러운 원인이 그 변화와 착상을 주도하는 것처럼, 거기서 화자의 체계적인 의도를 감지하지 않을 수 없다.

물론 그런 원인을 적어도 지금 당장은 우리가 알 수 없다. 만약 알아낸다면, 그 즉시 사건의 전모가 밝혀지겠지만…… 어쨌든 생각이야해볼 수 있다.

저자에 대해서 우리는 아는 게 별로 없다.

그의 진짜 정체부터가 모호하다. 멀건 가깝건, 그의 친인척을 아는 사람이 없었다. 실종된 뒤, 그의 집에서 키이우 출신 전기기술자 보리스 쾨르시멘Boris Koershimen이라는 이름으로 된 프랑스 여권이 나왔다. 한데 경찰청 수사과에서는 그게 아마도 외국에서 만들었을 조악한 위조여권이라는 거다. 그렇더라도 지금껏 나온 모든 증언에 따르면, 거기 부착된 사진만큼은 놈의 것이 맞는 것 같다.

알려진 성姓에서는 우크라이나풍의 음감이 거의 느껴지지 않는다. 게다가 몇 달 전부터 프랑스 현대문학을 가르쳐온 파시가街의 미국인 학교*에 등록된 그의 성은 철자도 틀리고 아예 다른 이름이다. '로빈 쾨르시모스Robin Körsimos, 일명 시몽 르쾨르.' 이렇게 되면 헝가리나 핀란드, 어쩌면 그리스 사람일지도 모른다. 다만 이 마지막 가정은 밝은 초록빛 눈동자에 빛나는 금발을 가진 키 큰 젊은이의 신체조건 때문에 곧바로 부정될 수밖에 없을 것 같다. 마지막으로 고려할 것은, 그가 가르치는 학교의 동료 교사들과 학생들(대다수가 여학생들)이 그를 '얀Yann'이라고만 부르고, 업무상 간단한 쪽지를 보낼 땐 항상 '얀Ján'으로 써왔다는 사실이다. 그들 중 어느 누구도 이유를 대진 못했다.

우리가 문제삼고 있는 텍스트—더블스페이스로 타자한 구십구 쪽 분량의 원고—는 (암스테르담가 21번지, 그가 세 들어 사는 수수한 아파트) 책상 위, 전문가들 말로는 실제 글을 쓸 때 사용한 것으로 보이

* 에콜 프랑코-아메리켄 드 파리(E. F.-A.P), 56, 파시가, 75016.(원주)

는 아주 낡은 타자기 옆에 반듯하게 놓여 있었다. 하지만 정작 작업 날짜는 몇 주 전, 심지어 몇 달 전으로 거슬러오를 터였다. 그러니까 타자기 바로 옆에 원고가 있는 것은 연출된 결과일 뿐이며, 종적이 묘연한 이자가 자신의 흔적에 연막을 칠 요량으로 상황을 그렇게 꾸며냈을 가능성이 있다는 뜻이다.

그의 이야기를 읽으면서 처음에는, 프랑스어를 가르치기 위한 대략 수백 종은 될 교과서 중 하나를 대하는 느낌이었다. 미국 대학의 학기당 8주에 대충 들어맞게끔 여덟 장章에 걸쳐 분량을 점점 늘리면서, 우리 언어의 문법적 난이도가 규칙적으로 증가하는 양상을 뚜렷이 드러내고 있다. 동사는 네 가지 변화의 고전적 질서에 따라 소개되고, 1학년을 위해 기동起動 삽입사를 갖춘 동사와 그렇지 않은 동사의 명확한 대조가 첨부된다. 시제와 법이 직설법 현재에서 접속법 반과거, 전前미래와 조건법까지 빼곡하게 이어지면서 더없이 깔끔하게 분류되어 있다. 관계대명사의 용법도 마찬가지인데, 복합형에 대한 서술은 나중에 나타난다. 언제나 그렇듯, 대명동사의 상호적 용법과 관용적 용법 대부분은 책의 말미에 가서야 채워질 내용이다.*

그럼에도 각 장의 일화적인 내용은 같은 유형의 글에서 보통 마주치는 의도적으로 평범하게 작성된 내용과는 아주 많이 다르다. 사건들의 개연성이 전통적 사실주의의 법칙과 비교하면 거의 언제나 지나치게

---

* 우리의 이런 견해는 대서양 건너 모 학교 출판사에서 이 여덟 장 분량으로 최근 펴낸 책에서도 고스란히 확인된다. *Holt, Rinehart and Winston*, CBS Inc., 383 Madison Ave, New York N. Y. 10017.(원주) 미국 캘리포니아주립대학교 프랑스어 교수 이본 레너드의 요청을 받아 프랑스어 교재로 집필한 책 『면접*Le Rendez-vous*』(1981)을 뜻한다.

희박한 수준이다. 그러므로 짐짓 교사용 책자라는 주장에서 단순한 알리바이를 알아보지 못할 이유는 없다. 그 알리바이 뒤에 다른 무엇이 숨어 있을 것이다. 하지만 무엇일까?

여기, 문제의 텍스트 전체를 공개한다. 첫 장 맨 꼭대기에 이런 간단한 제목이 등장한다. '면접Le Rendez-vous'

제1장

나는 정해진 시각에 정확히 도착한다. 여섯시 반. 벌써 거의 어두컴컴하다. 창고는 닫혀 있지 않다. 나는 자물쇠가 없는 문을 밀면서 들어선다.

내부는 온통 조용하다. 좀더 바짝 귀를 기울이자, 꽤 가까운 곳에서 맑은 소음 하나가 규칙적으로 탐지된다. 제대로 잠그지 않은 수도꼭지로 물이 새면서 통이나 대야 또는 바닥에 고인 웅덩이에 물방울이 떨어지고 있다.

때가 끼고 여기저기 깨진 커다란 유리창을 통해 스며드는 희미한 빛으로, 나는 주변에 널린 사물들을 간신히 분간해낸다. 필시 쓸모가 없어진 물건들이 사방에서 나를 에워싼 채 되는대로 쌓여 있다. 폐기 처분된 구식 기계들, 금속 구조물과 잡다한 고철더미에 먼지와 녹이 눌

어붙어 하나같이 거무튀튀한 빛깔이다.

어슴푸레한 빛에 다소 익숙해진 내 눈이 정면의 남자를 포착한다. 그는 두 손을 코트 호주머니에 찔러넣고 나를 향해 서 있는데, 인사할 기미는커녕 미동도 없다. 선글라스를 착용한 그를 보면서 문득 이런 생각이 뇌리를 스친다. 어쩌면 맹인일지도 몰라……

키 크고 마른 체형에 행색으로 보아 젊은 그는 형태가 제각각인 궤짝들을 쌓아놓은 곳에 삐딱하게 한쪽 어깨를 기대고 있다. 트렌치코트의 바짝 추어올린 깃과 앞쪽으로 눌러쓴 중절모로 대부분 가려진 그의 얼굴은 선글라스 때문에 잘 알아볼 수가 없다. 전체적인 분위기가 30년대 낡은 범죄영화의 한 장면을 어쩔 수 없이 떠올리게 한다.

청동 조각처럼 굳어 있는 그에게서 대여섯 걸음 떨어진 나 자신도 이제는 부동자세를 취한 채, 서로를 식별하기 위해 약속된 메시지를 (비록 소리는 죽였지만) 또박또박 건넨다. "혹시, 므슈 장Jean? 제 이름은 보리스입니다. 광고 보고 왔습니다."

또다시 적막 속에서, 규칙적으로 떨어지는 물방울 소리가 외롭게 이어진다. 저 맹인이 귀도 먹고 말도 못하는 건가?

몇 분이 지난 끝에 비로소 대답이 돌아온다. "장이라 하지 말고 진이라 발음하세요. 나 미국 사람입니다."*

순간 어찌나 놀랐는지 나는 내색하지 않으려고 무진장 애쓴다. 목소리가 영락없이 젊은 여자다! 그윽한 울림이 육감적으로 내밀한 분위기를 이루는, 따스하고 음악적인 음성. 그럼에도 '므슈'라는 호칭은 정정

---

* 프랑스어로 남자 이름 장Jean(영어로는 존John)은 영어로 '진'이라 발음되어 여자 이름이 되며, 이는 프랑스어 철자상으로 'Djinn'이라 표기된다.

하지 않는 것으로 보아, 받아들이는 듯하다.

절반의 미소가 그녀의 입술을 스친다. "여자의 지시로 일을 한다니, 충격인가봐요?"

그 문장의 어조가 다소 도발적이다. 하지만 나는 곧장 게임에 응하기로 한다. "아닙니다, 므슈, 천만에요." 어차피, 나로선 선택의 여지가 없다.

진은 그 이상 말을 서두는 기색이 없다. 주의깊은 눈으로 냉정하게 나를 주시한다. 나의 능력에 대해 호의적이지 않은 판단을 하고 있는 모양이다. 조사가 끝나면서 내려질 판결이 불안하다. 그녀가 말한다. "잘생기긴 했는데, 프랑스 사람치고는 너무 크군요."

웃음이 나오려고 한다. 추측하건대, 이 젊은 외국 여자는 프랑스 땅을 밟은 지 얼마 되지 않거니와, 고정관념을 잔뜩 가지고 있다. "프랑스 사람 맞습니다." 내가 증언하듯 말하자, 잠시 뜸을 들인 그녀가 잘라 말한다. "문제는 그게 아니에요."

가벼운 악센트를 가진 프랑스어 발음인데 굉장히 매력적이다. 노래하는 듯한 목소리와 양성兩性적인 외모가 나에게 제인 프랭크라는 여배우를 연상시킨다. 나는 제인 프랭크를 좋아한다. 그녀가 나오는 영화는 빠지지 않고 보러 다닌다. 아뿔싸, '므슈' 진의 말이, 문제는 그게 아니라고 했지.

우리는 서로를 탐색하며 몇 분 더 그러고 있다. 한데 주위가 점점 더 어두워져, 나는 거북한 심기를 감추려고 묻는다. "그럼 문제가 뭡니까?"

처음으로 긴장을 푸는 것처럼 보이는 진의 입가에 제인의 감미로운 미소가 살짝 스친다. "당신이 사람들 속에서 눈에 잘 띄지 말아야 한다고요."

나는 그녀의 용모에 대한 찬사와 함께 바로 그 미소를 되돌려주고 싶지만, 차마 그러지 못한다. 그녀는 보스다. 나는 자기변호를 하는 것으로 만족한다. "나 거인 아닙니다." 실제로 내 키는 기껏해야 1미터 80이고, 그녀도 작은 키는 아니다.

그녀는 나더러 가까이 오라고 요구한다. 나는 그쪽으로 다섯 걸음 다가간다. 가까이서 보니 얼굴이 이상하게 창백하고, 밀랍처럼 굳어 있다. 더는 접근하기가 두려울 정도로. 그 입을 가만히 응시하는데……

"더 가까이"라고 그녀가 말한다. 이번엔 의심의 여지가 없다. 말을 하지만 입술이 움직이지 않는다. 나는 한걸음 더 다가가 그녀 가슴에 손을 얹는다.

여자도 남자도 아니다. 앞에 서 있는 건 쇼윈도용 플라스틱 마네킹이다. 나의 착각은 어둠으로 해명이 된다. 제인 프랭크의 어여쁜 미소도 나 혼자 상상한 공으로 돌리면 그뿐이다.

"더 만져봐요, 좋으면." 내가 처한 상황의 우스꽝스러움을 강조하면서, 므슈 진의 매혹적인 음성이 비꼬는 투로 말한다. 어디서 나오는 목소리인가? 소리가 마네킹 자체에서 나지는 않을 테고, 아마도 가까이 숨겨진 스피커가 있을 것이다.

그렇담, 보이지 않는 누군가에 의해 내가 감시당하고 있단 얘긴데. 이거 아주 기분 나쁘다. 내가 무척 어설프고 뭔가 잘못해서, 위기에 처한 기분이 든다. 내게 말하는 여자는, 요컨대 수킬로미터 떨어진 곳에 앉아 있다. 그녀는 나를, 덫에 걸린 곤충처럼, 감시 텔레비전 화면을 통해 들여다보고 있는 거다. 나를 비웃고 있음이 틀림없다.

목소리가 말한다. "중앙통로 끝에 계단이 있어요. 2층으로 올라가세요. 거기서 계단이 끝납니다." 생명 없는 인형과의 작별이 달가운 나머지, 나는 선뜻 지시를 이행한다.

1층에 도착하자, 계단이 거기서 끝난다. 하긴 미국식으로는 거기가 바로 2층이니까.* 내 추측이 그걸로 확인된 셈이다. 진은 프랑스에 살고 있지 않다.

내가 지금 있는 곳은 일종의 넓은 다락방이며, 지상층과 거의 똑같은 분위기다. 지저분한 유리창들도 똑같고, 온갖 종류의 물건더미 사이로 통로가 지나는 모양새까지 똑같다. 다만 조금 더 환할 뿐이다.

이 모든 종이 상자, 목재, 철로 이루어진 잡동사니 속에서 인간의 존재를 찾기 위해 나는 시선을 좌우로 돌리며 두리번거린다.

거울 속처럼 되풀이되는 어느 한 장면으로 인해 문득 불안한 기분에 휩싸인다. 내 맞은편, 다섯이나 여섯 걸음 떨어진 곳에 코트 깃을 추어올리고 중절모를 앞쪽으로 눌러쓴 채 선글라스를 착용한 똑같은 인물이 부동자세로, 말하자면 첫번째 마네킹의 정확한 복제품인 두번째 마네킹이 동일한 자세로 서 있다.

이번에는 나도 주저하지 않고 다가간다. 그리고 팔을 앞으로 뻗다가…… 다행히 제때 동작을 멈춘다. 방금 그것이 미소를 지었다. 내가 미치지 않았다면, 이쪽에서 보기에 반박의 여지가 없다. 저 가짜 밀랍

---

* 미국식으로 1층(first floor/ground floor)은 프랑스에서 지상층(rez-de-chaussée)이라 칭하고, 2층(second floor)을 비로소 1층(premier étage)이라 칭한다. 이 소설 제2장부터 층수는 미국식으로 표기했다.

마네킹은 진짜 여자다.

그녀는 왼손을 호주머니에서 빼내, 깜짝 놀라 허공에서 멈춘 내 팔을 아주 느린 동작으로 걷어내며 말한다.

"만지지 마, 폭탄장치가 되어 있어!" 같은 목소리다. 보스턴 억양도 똑같고, 육감적인 매력도 똑같다. 단, 이젠 아예 허물없는 반말투라는 점만 다를 뿐.

"미안해, 무례해서." 내 말에 곧바로 그녀는 엄하고 단호한 말투를 되찾는다. "규칙상 당신은 항상 내게 존댓말을 써야 해."

"O. K." 나는 쾌활한 척하는 태도를 버리지 않고 말한다. 하지만 모든 연출이 슬슬 짜증스럽게 느껴지기 시작한다. 잠시 생각한 뒤 이렇게 덧붙이는 걸로 보아, 진은 분명 의도적으로 나를 자극하고 있다. "그리고 O. K.라고도 하지 마. 그 말 참 저속하게 들려, 특히 프랑스어로는."

나는 이 기분 나쁜 면접을 서둘러 끝내고 싶다. 이런 식의 대우라면 아무것도 기대할 게 없다. 다만, 그러면서도 이 건방진 여자의 어떤 매력이 나를 혼란스럽게 하고 있다는 점이 문제다. 나는 말한다. "프랑스어 가르쳐줘서 고맙습니다."

내 생각을 짐작하고 있는 것처럼, 그녀는 대꾸한다. "당신이 원한다고 해서 우리를 벗어날 순 없어. 출구는 막혔고, 때는 너무 늦었거든. 로라를 소개할게, 그녀는 무기를 소지하고 있어."

나는 계단 쪽을 돌아본다. 선글라스에 중절모, 정확하게 동일한 복장을 착용한 또다른 여자가 양손을 코트 호주머니에 찔러넣은 채 계단 앞에 서 있다.

오른팔의 위치와 호주머니의 변형된 모양이 위협에 신빙성을 부여하고 있다. 젊은 여자는 옷으로 가린 대구경 리볼버 권총을 내게 겨누고 있는 것이다…… 혹은 그런 척을 하고 있는지도.

"안녕하세요, 로라?" 내가 최대한 절제된 스릴러 스타일로 인사를 던지자, "안녕하세요" 영락없는 앵글로색슨식의 반응이 돌아온다. 내게 존댓말을 하는 걸 보면, 조직에서 이렇다 할 서열은 아니다.

터무니없는 생각 하나가 내 머리를 스친다. 로라가 지상층에서 본 바로 그 생명 없는 마네킹에 불과하며, 내 뒤로 계단을 따라 올라와 다시금 눈앞에 버티고 선 것이라는 생각.

하긴 요즘 여자애들은 옛날과 사뭇 다르다. 한마디로 사내애들 저리가라 할 만큼 불량배 노릇을 즐긴다. 조직적으로 남의 돈을 갈취한다. 강도짓을 벌이고 가라테를 한다. 방어할 힘이 없는 청소년을 겁탈한다. 으레 바지를 입고 설치질 않나…… 더이상 살 수가 없다.

진은 아마도 설명이 필요하다고 느낀 모양이다. 이번에는 조금 더 길게 이야기를 끌어가는 걸 보면. "바라건대, 우리 방식을 양해해줘. 우린 이런 식으로 일할 수밖에 없는 입장이거든. 언제 나타날지 모를 적을 경계해야 하고, 새로 친구가 생기면 그 충성심을 늘 감시해야 하고. 방금 본 것처럼, 한마디로 최대한 조심해가며 작전을 수행해야 한단 말이지."

잠시 뜸을 들인 뒤 얘기를 이어간다. "우리의 활동은 부득이 비밀리에 이루어져야만 해. 막중한 위험 부담이 있는 활동이거든. 당신은 앞으로 우리를 도울 거야. 그런 당신에게 우린 정확한 지시를 내릴 거고. 하지만 (적어도 시작 단계에선) 당신이 맡을 미션의 특별한 의미도, 우리 사업의 전반적인 목표도 당신에겐 공개하지 않는 편이 낫다고 생각하고 있어. 조심하는 뜻도 있지만, 일의 효율성을 위해서 그래."

나는 만약 거부하면 어떻게 되는지를 묻는다. 사실상 그녀는 내게 선택의 여지를 주지 않는다. "당신은 돈이 필요해. 우린 그 돈을 지불하지. 그러니 잔말 말고 받아들여. 질문을 하거나 토를 달아봤자 아무 소용 없어. 당신은 우리가 요구하는 일을 하면 되는 거야."

나는 자유를 사랑한다. 나는 내 행동에 책임을 지고 싶다. 내가 무엇을 하는지 이해하고 싶은 거다…… 그럼에도 이 터무니없는 거래에 나는 동의한다.

나를 밀어붙이는 건 저 상상의 리볼버 권총에 대한 두려움도, 돈이 궁한 속사정도 아니다…… 젊을 땐, 생계를 해결할 다른 많은 방법이 있는 법이다. 그렇다면 왜? 호기심인가? 허세? 더 모호한 동기라도 있나?

어쨌든 내가 자유롭다면, 설사 내 이성을 거스른들, 내가 하고 싶은 일을 할 권리가 있다.

진이 말한다. "생각을 하고 있군. 뭔가를 숨기고 있어." "맞아요." 내가 말한다. "그게 뭐지?" "일하곤 상관없습니다."

그러자 진이 선글라스를 벗는데, 그 창백한 빛깔의 아름다운 눈동자가 감탄을 불러일으킨다. 결국 그녀는 처음부터 내가 그토록 바라던 매혹적인 미소를 보내온다. 또한 계급적인 반말을 그만두고는 따스하고 부드러운 목소리로 중얼거린다. "이제 생각하는 걸 그대로 말해봐요."

나는 말한다. "성 대결은 역사의 동인動因입니다."

제2장

다시 혼자가 된 내가 이제는 상점 유리창과 가로등의 강렬한 불빛을 받으며 빠른 걸음으로 거리를 걷는데, 문득 확실하게 기분이 변한 것을 깨닫는다. 완전히 색다른 경쾌함이 내 몸을 춤추게 하고, 내 생각을 휘저으며, 나를 둘러싼 모든 것을 물들이고 있다. 오늘 아침의 모호하고 그저 그런, 가벼운 정신상태가 아니라, 딱히 이유 없는 일종의 행복감, 심지어 열광에 휩싸인 기분이라고나 할까……

정말 이유가 없을까? 털어놓지 못할 이유는 또 뭔가? 분명 진을 만난 것이 이 갑작스럽고 놀라운 변화의 원인이다. 매 순간, 사사건건 기회 있을 때마다, 나는 그녀를 생각한다. 그녀의 이미지, 실루엣, 얼굴, 제스처, 움직이는 스타일, 특히 그 미소가 언제나 내 머릿속을 가득 채운다. 분명 나의 직무가 고용주의 육체적 실존에 그토록 주의를 쏟아야 하는 일은 아닐 터.

나는 상점들(이 동네 상점들은 정말 추하다), 행인들, 개들(평소 나는 개들을 싫어한다)을 호의를 품고 즐거운 마음으로 바라본다. 노래를 부르고 싶고, 달리고 싶다. 모든 사람들 표정에서 즐거움을 본다. 평소에는 사람들이 죄다 슬프고 멍청하다. 오늘 그들은 불가해한 은총의 수혜자들이다.

나의 새로운 직업은 분명 즐거운 일일 것이다. 왠지 모험의 느낌이 묻어난다. 그러고도 뭔가 더 있다. 파란만장한 연애의 느낌이랄까…… 내가 항상 소설적이고 비현실적인 사람인 건 맞다. 따라서 지금은 정신 바짝 차리는 것이 중요하다. 지나치게 흥분한 나의 상상력이 판단을 그르치게 이끌 우려가 있고, 행동에서도 심각한 잘못을 범하게 만들 수 있다.

불현듯, 잊고 있던 디테일 하나가 기억의 표층으로 솟아오른다. 나는 남의 시선을 끌어선 안 되는 것으로 알고 있다. 진이 그렇게 말했고, 강조해서 여러 번 반복했다. 그런데, 지금 나는 정확하게 그 반대로 행하고 있다. 모든 사람이 나의 유쾌한 흥분 상태를 간파하고 있음엔 의심의 여지가 없다. 그렇게 생각한 순간, 흥분 상태가 몇 도度 툭 떨어진다.

나는 카페에 들어가 에스프레소 누아르를 주문한다. 프랑스인은 이탈리아 커피만 좋아한다. '프랑스식' 커피는 충분히 진하지 못하다. 하지만 역시 가장 못마땅한 것은 아메리칸 스타일이다…… 내가 왜 미국식 커피를 생각하지? 이것 또한 진 때문이다! 슬슬 짜증나기 시작한다.

패러독스 : 프랑스에서 남의 시선을 끌지 않으려면 이탈리아식 에스프레소를 주문할 것. 과연 '프랑스식'이랄지 '미국식'이라는 것이 존재할까? 프랑스인은 이런 식이고…… 프랑스인은 이런 걸 먹지, 저런 걸 먹진 않으며…… 프랑스인은 이런 식으로 옷을 입고, 저런 식으로 걷는다는 둥…… 먹는 거야 아직은 그렇다손 쳐도, 이젠 의미가 점점 무색해지는 상황. 카운터 너머 벽에 메뉴가 붙어 있다. 핫도그, 피자, 샌드위치, 롤몹스*, 메르게즈**……

종업원이 시꺼먼 액체가 든 작은 찻잔을 가져와, 하얀 종이에 싼 각설탕 두 조각과 함께 내 앞 테이블에 내려놓는다. 그런 다음, 곧장 자리를 뜨면서 다른 테이블 위에 방치된 채로 있는 더러운 유리잔을 치운다.

그제야 나는, 들어올 때 텅 비어 있던 이 비스트로에 지금은 손님이 나 하나만은 아님을 깨닫는다. 이웃이 한 명 있는데 외모로 보아 여대생이다. 빨간 재킷 차림에 두꺼운 의학서적을 열심히 읽고 있다.

내가 빤히 바라보자, 시선을 느꼈는지 나 있는 방향으로 눈을 든다. 나는 장난기가 발동한다. 이런, 또 낙제점이로군, 들켜버렸어! 여대생은 아무 말 없이, 나를 보지 않는 것처럼 오랫동안 바라본다. 한동안 그러고는 눈을 다시 책으로 가져간다.

그러나 불과 몇 초 지나지 않아 다시금 나를 유심히 쳐다보더니, 이번에는 일종의 차분한 확신이 느껴지는 중성적인 톤으로 말한다. "일곱시 오분입니다. 늦겠어요." 그러면서 시계도 보지 않는다. 나는 기계

* 오이피클이나 양파를 청어로 감싸서 먹는 음식.

** 향신료를 넣은 가느다란 소시지.

적으로 내 시계를 들여다본다. 진짜 일곱시 오분이다. 북부역에서 일곱시 십오분에 약속이 있다.

그러니까 이 젊은 여자는 나의 직무 충실성을 감시하려고 진이 내 진로 위에 배치해둔 스파이다. 나는 잠시 생각한 다음 말한다. "우리 쪽에서 일하는 사람입니까?" 아무 대답이 없어서 다시 묻는다. "나에 관해서 어떻게 그리 잘 아는 겁니까? 내가 누구이고, 어디로 가며, 몇 시에 무얼 하기로 되어 있는지 다 알고 있잖소. 그렇다면 진의 친구요?"

그녀는 냉정한 주의력을 기울여 나를 살피되 급기야 이렇게 말하는 걸로 보면, 나를 좀 엄하게 다루어야겠다는 생각까지 하는 모양이다. "당신은 말이 너무 많아요." 그리고 다시 자기 하던 일에 코를 박는다. 삼십 초가 지난 뒤, 그녀는 책에서 눈을 떼지 않고 혼잣말을 하는 것처럼 아주 천천히 단어 몇 개를 발음한다. 책 속에 나오는 어떤 난해한 대목을 해독이라도 하는 것 같다. "당신이 찾는 길은 대로로 쭉 가다가 우측으로 난 세번째 길입니다."

사실 이 수호천사의 말이 맞다. 여기서 말씨름이나 하고 있다간 약속 시간에 늦을 것이다. "고맙습니다." 과장되게 정중한 인사를 함으로써 나는 나의 독자적인 입장을 표시한다. 나는 자리에서 일어나 카운터로 걸어가 커피값을 계산한 뒤, 유리문을 밀고 나간다.

일단 길 맞은편에 이르러, 나는 빨간 재킷을 걸친 젊은 여자 말고는 아무도 없는, 조명이 눈부시게 밝은 실내를 흘끗 뒤돌아본다. 그녀는 더이상 책을 읽고 있지 않다. 테이블 위에 두꺼운 책을 덮어놓고, 불편한 낌새 하나 없이 단호하면서 차분하게 눈으로 나를 좇는다.

내 자유로움을 표하는 뜻에서 엇나가고 싶은 심정임에도 불구하고, 나는 퇴근하는 남녀 군중을 헤치면서 대로를 따라 올바른 방향으로 길을 계속 걷는다. 사람들은 더이상 무관심하지도, 호의적이지도 않다. 이제는 모두가 나를 감시하는 것처럼 느껴진다. 세번째 교차로에서 우측으로 돌아 어둡고 적막한 골목으로 접어든다.

운행중이거나 주차중인 자동차가 전혀 없고, 낡은 가로등의 누렇게 흔들리는 불빛만이 드문드문 비추는, 주민들로부터도 버려진 듯한 이 초라한 길은 내가 방금 벗어난 대로와 극명한 대조를 이룬다. 건물들이 하나같이 납작하고(기껏해야 2층이다) 허름하며, 창문은 불빛 하나 없이 어두컴컴하다. 이곳에는 주로 창고와 공장이 자리하고 있다. 길바닥은 옛날 방식으로 포석이 어긋나게 물려 상태가 아주 불량하며, 움푹 파인 지점마다 더러운 물이 여기저기 고여 있다.

나는 막다른 길처럼만 보이는 길고 좁은 골목을 더 파고들기가 망설여진다. 땅거미가 어스름한 가운데서도 나는 반대편 끝이 틀어막힌 게 분명한, 출구 없는 담벼락을 식별할 수 있다. 그런데 골목 입구에는 실제 거리 이름이 새겨진, 즉 입구와 출구가 존재함을 뜻하는 푸른색 표지판이 있었다. '베르생제토릭스 3세가.' 베르생제토릭스 3세는 물론 2세가 존재하는지도 나는 모르고 있지만……*

가만 생각해보니, 저 끝에 어쩌면 왼쪽이나 오른쪽으로 빠지는 통로가 있을 수도 있다. 하지만 자동차가 한 대도 보이지 않는다는 사실이 영 불안하다. 내가 진짜 옳은 길을 가고 있는 건가? 사실 내 생각은 좀

---

* Vercingétorix(기원전 82~기원전 46). 로마의 카이사르에 대항한 갈리아의 족장이며 2세, 3세는 없다. 베르생제토릭스가는 프랑스 파리 14구에 실제로 존재한다.

더 친숙한 다음 길을 택하는 거였다. 그 경로를 통한다면 거의 빠르다 할 속도로 역까지 갈 수 있다고 확신한다. 의학과 여대생이 중간에 끼어들어 나를 소위 이 지름길로 끌어들인 것이다.

시간이 촉박하다. 북부역에서의 약속 시간까지 현재 오 분이 채 남지 않았다. 이 외진 골목길이 시간 절약에는 바람직할 수도 있다. 교차로도 없고, 진로를 방해할 보행자나 자동차도 없는 이 길이 빨리 앞으로 나아가기에는 어쨌든 수월할 테니까.

일단 위험을 감수하기로 하자(어쩌다보니, 별수 있는가), 인도가 따로 없는 도로에서 발 디딜 만한 지점을 어떻게 잘 골라 걸어가느냐가 숙제로 떠오른다. 나는 최대한 보폭을 넓혀 성큼성큼 걸어나간다. 그러다보니 속도가 너무 빨라, 마치 꿈을 꾸듯 날아다니는 기분이다.

지금 당장은 내 미션의 정확한 의미를 모른다. 일단 암스테르담발 열차로 열아홉시 십이분 파리에 도착하는 어떤 여행객(그의 정확한 생김새는 내 머릿속에 저장되어 있다)의 신병을 확보하는 것이 관건이다. 그런 다음 그가 묵을 호텔까지 조심스럽게 미행한다. 그것으로 일단락이다. 뒤이을 절차는 곧이어 알게 되길 바란다.

끝없이 이어지는 길의 중간에도 미치지 못한 상태에서 느닷없이 남자아이 한 명이 약 10미터 전방에 불쑥 뛰어든다. 아이는 주변의 다른 건물에 비해 다소 높은 우측 건물 중 한 곳에서 튀어나와, 그 여린 다리를 빠르게 움직여 길을 가로지른다.

전속력으로 달리던 아이가 튀어나온 포석에 발이 걸려 거무튀튀한 진창 쪽으로 넘어지는데, 비명 한마디 내지르지 않는다. 배를 깔고 엎드린 채 두 팔을 앞으로 뻗은 상태로 꼼짝 않고 있다.

나는 성큼성큼 몇 걸음만으로, 움직이지 않는 그 작은 몸뚱이에 다가간다. 조심스럽게 몸을 뒤집어본다. 십여 살가량 되어 보이는 남자아이인데 이상한 옷차림이다. 마치 지난 세기의 부랑아처럼, 일종의 각반으로 무릎 아래가 좁혀지는 바지를 입고, 그리 길지 않은 헐렁한 겉옷은 넓은 가죽 혁대로 허리춤을 바짝 조였다.

그가 눈을 크게 뜨고 있다. 그런데 눈동자가 고정되어 있다. 입은 닫혀 있지 않고, 입술이 가볍게 떨린다. 팔다리가 축 늘어져 힘이 없으며, 목도 마찬가지다. 온몸이 헝겊 인형과 비슷하다.

다행히 진흙탕 속으로 곤두박질치진 않았고, 더러운 웅덩이 가장자리에 아슬아슬하게 걸쳐 넘어진 거다. 웅덩이 물을 자세히 보니, 검다기보다는 거의 붉은색이라 할 갈색의 끈적끈적한 점액 같다. 이해할 수 없는 불안이 문득 나를 파고든다. 이 알 수 없는 액체의 색깔이 두려운 건가? 아니면 다른 무엇인가?

나는 시계를 본다. 일곱시 구분이다. 암스테르담발 기차의 도착 시간에 맞춰 역에 당도하기란 이제 불가능하다. 아침부터 시작된 나의 모든 모험은 그렇게 끝장난 셈이다. 진의 사랑이 아무리 중요해도, 이 다친 아이를 버리고 갈 순 없다…… 에라 모르겠다! 어차피, 기차는 놓쳤다.

내 오른쪽 건물 문이 활짝 열려 있다. 틀림없이 아이는 그 건물에서 나온 것이다. 한데 1층이든 2층이든, 내부 어느 곳에도 불빛이 보이지 않는다. 나는 아이의 몸을 안아 든다. 한 마리 새처럼 가볍고 비쩍 말랐다.

바로 옆 가로등의 희미한 불빛 덕분에 아이의 얼굴이 좀더 잘 보인다. 얼추 보아 외상은 없다. 차분하니 잘생겼는데, 지나치게 창백하다. 머리통으로 포석을 들이받았다면, 그 충격으로 기절한 상태일 것이다. 하지만 두 팔을 쭉 뻗으며 앞으로 넘어졌다. 그런고로 바닥에 머리를 박을 일은 없다.

가냘픈 짐을 안고서 나는 건물 안으로 들어선다. 거리와 직각을 이루는 긴 복도를 조심스럽게 파고든다. 사방이 어둡고 조용하다.

내부 출입문도 갈림길도 없이, 일직선으로 뻗은 복도를 마냥 걷던 나는 어떤 나무 계단에 다다른다. 2층에서 희미한 불빛이 감지되는 듯하다. 여전히 정신을 놓고 있는 아이의 머리나 다리가 보이지 않는 장애물에 닿을까봐, 또는 내가 발이라도 헛디딜까봐, 그 계단을 천천히 오른다.

2층에 오르니 문이 두 개 있다. 하나는 닫혀 있고, 다른 하나는 살짝 열려 있다. 바로 거기서 희미한 빛이 새어나온다. 나는 문짝을 무릎으로 밀어 열면서, 거리 쪽으로 창문이 두 개 있는 아주 널찍한 방으로 들어선다.

방안에 조명이 없다. 커튼 없는 유리창을 통해 바깥에서 들어오는 가로등 불빛만 있을 뿐이다. 그 빛만으로도 가구들의 윤곽을 식별하기에 충분하다. 흰색 목재 테이블, 짝이 맞지 않는 푹 꺼진 의자 서너 개, 에스파냐식 철제 침대, 다양한 크기와 형태를 지닌 수많은 여행용 트렁크들.

침대에 매트리스는 있으나, 시트와 커버가 없다. 나는 그 변변치 않은 잠자리에다 최대한 섬세한 동작으로 아이를 내려놓는다. 여전히 의식이 없고, 아주 연약한 호흡 말고는 생명의 표시가 전혀 드러나지 않는다. 맥박도 거의 느껴지지 않는다. 다만 활짝 열린 커다란 동공이 어스름 속에서 반짝이고 있을 뿐이다.

나는 전기 버튼, 스위치 또는 빛을 공급할 다른 무언가를 눈으로 찾는다. 하지만 그런 것이 전혀 보이지 않는다. 그제야 제대로 된 천장등이든 달랑 전구 한 알이든, 방 전체에 전등 하나 없다는 것을 알아차린다.

나는 문밖으로 나와 처음에는 작은 소리로, 갈수록 점점 큰 소리로 사람을 부른다. 어떤 응답도 내 귀에 들리지 않는다. 건물 전체가 마치 버려진 집처럼 철저한 적막 속에 묻혀 있다. 더이상 어찌해야 할지 모르겠다. 시간을 벗어나, 나 자신 행방불명이다.

불현듯 떠오른 생각 하나가 발길을 방안 창문 쪽으로 이끈다. 아이가 어디를 향해 달리다 만 거지? 도로를 이쪽에서 저쪽으로 직진하여 건너는 중이었다. 그렇다면 아마 맞은편에 살고 있을 것이다.

그런데 길 건너엔 건물이 없다. 눈에 띄는 출구 하나 없는 기나긴 벽돌담의 연속일 뿐이다. 왼쪽으로 좀더 먼 곳은 허름한 판자 울타리다. 나는 계단으로 다시 가서 사람을 불러보지만, 결과는 마찬가지다. 내 심장의 박동소리만 들린다. 드디어 시간이 멈춰버렸다는 강렬한 느낌에 사로잡힌다.

가볍게 삐걱대는 소리가 나를 방안의 환자에게로 이끈다. 침대에서 두어 걸음 떨어진 지점에 이르자, 나도 모르게 움찔하며 뒤로 물러선다. 지금 아이는 아까와 똑같은 자세이긴 하나, 가슴에 커다란 십자고상이 놓여 있다. 은빛 그리스도상이 매달린 어두운 빛깔의 나무 십자가가 어깨에서 허리까지 덮고 있다.

나는 사방을 둘러본다. 뻗어 있는 아이 말고는 아무도 없다. 그러자 제일 먼저 떠오른 것이, 꼬마 녀석 스스로가 이 모든 음산한 연출의 장본인이라는 생각이다. 기절한 척하고 있지만, 내가 등을 돌릴 때마다 꼼지락대는 것이다. 나는 바짝 다가가 녀석의 얼굴을 살펴본다. 밀랍 인형처럼 윤곽이 뻣뻣하고 색조도 그만큼 희끄무레하다. 무덤에 누운 사람 같다.

바로 그때 고개를 들자, 문지방에 서 있는 또다른 아이의 존재가 눈에 들어온다. 일고여덟 살쯤 되는 여자아이인데, 문틀 정중앙에 꼼짝 않고 서 있다. 시선이 나에게 고정되어 있다.

어디서 나타났지? 어떻게 여기까지 온 걸까? 누가 다가오는 소리는 전혀 없었다. 희미한 빛 속인데도 나는 옛날 스타일의 하얀 원피스를 똑똑히 알아본다. 상체에 밀착되다가 아래로 부풀듯이 펼쳐지면서 발목까지 내려오는 다소 뻣뻣한 재질의 주름치마다.

"안녕, 네 엄마 여기 사시니?"

소녀는 아무 말 없이 계속 나를 쳐다본다. 모든 장면이 어찌나 비현실적이고, 부자연스러우며, 유령이라도 나올 것 같은지, 푸르스름하고 괴이쩍은 불빛 아래 홀린 듯한 이 공간, 마치 있을 법하지 않은 무엇처럼 나 자신의 목소리가 내 귀에 기이하게도 가짜처럼 들리는데……

다시 몇 마디 더 말해보는 것 말고는 달리 해결책이 없으므로, 나는 다음과 같은 평범한 문장을 아주 힘겹게 입 밖으로 꺼낸다.

"네 오빠가 쓰러졌다."

내 말의 음절들 또한 아무 응답도 메아리도 일깨우지 못한 채, 마치 의미를 잃은 쓸모없는 물건들처럼 쓰러진다. 그리고 다시금 웅크러드는 적막. 내가 진정 말을 했던가? 냉기, 무감각, 마비가 내 팔다리를 점령하기 시작한다.

제3장

마법이 얼마나 지속되었을까?

갑자기 결심이 선 듯, 소녀는 아무 말 없이 단호한 걸음으로 내게 다가온다. 나는 먹먹한 상태에서 빠져나오기 위해 안간힘을 다한다. 손을 들어 이마 위를, 눈꺼풀 위를 몇 번이고 휘젓는다. 마침내 수면水面에까지 거슬러오르는 데 성공한다. 차츰차츰 감각을 되찾는다.

정말 놀랍게도 나는 침대 머리맡에 놓인 짚의자에 앉아 있다. 내 가까이, 소년은 눈을 뜬 채로 반듯이 누워, 가슴 위에 십자고상을 올려놓고 여전히 잠들어 있다. 급기야 나는 별로 어렵지 않게 일어선다.

여자애는 황금처럼 반짝이는 구리 촛대를 앞에 들고 있다. 불 꺼진 초가 세 개 꽂혀 있다. 유령처럼 미끄러지면서, 소녀는 아무 소리 나지 않게 걷는다. 그런데 그건 펠트로 된 실내화 밑창 덕분이다.

그녀는 내가 방금 일어난 의자에 촛대를 내려놓는다. 그러고는 매번 새 성냥을 그었다가, 사용한 뒤에는 일일이 불어 끄는가 하면, 까맣게 타버린 나머지는 그때그때 성냥갑 속에 집어넣어가면서, 지극히 진지한 태도로, 아주 열심히 초 세 자루에 하나씩 하나씩 불을 붙인다.

내가 묻는다. "전화기 어디 있니? 네 오빠를 위해 의사를 불러야겠다."

소녀는 내가 하찮은 존재이거나 제정신이 아닌 상대라는 듯, 거만한 태도로 얼굴을 빤히 쳐다보며 말한다.

"장은 내 오빠가 아닙니다. 의사는 필요 없고요, 장은 죽었습니다."

아이다운 데라고는 하나 없이, 어른의 안정된 말투다. 음악적이고 부드러운 음성이지만, 그 어떤 감정도 드러나지 않는다. 생김새는 기절한 소년을, 당연히 보다 여성스러운 면이 강하게, 많이 닮았다.

"얘 이름이 장Jean이야?" 불필요한 질문이다. 하지만 난데없이 진Jean(즉, Djinn)의 기억이 엄습했고, 나는 또다시 격렬한 낭패감에 휩싸인다. 지금, 일곱시 반이 넘은 시각. 이제 일은 끝났다…… 물 건너간 셈. 소녀가 어깨를 으쓱하며 말한다.

"물론입니다. 뭐라고 부르고 싶은데요?" 그러고는 예의 그 점잖고 조리 있는 말투로 덧붙인다. "어제도 장은 죽었는걸요."

"무슨 헛소리냐? 한번 죽으면 그걸로 끝이지."

"아니죠, 장은 아닙니다!" 여자애가 어찌나 확고한 자신감을 내비치며 단언하는지, 나 자신 흔들림이 감지된다. 그럼에도 아이와 나, 둘이서 벌이는 괴상한 장면과 말도 안 되는 대화를 생각하면, 나도 모르게 웃음이 새어나온다. 그래도 나는 게임에 동참하기로 한다.

"얘가 자주 죽니?"

"요즘은 그래요. 꽤 자주 죽는 편입니다. 보통은 죽지 않고 며칠을 지내기도 하고요."

"오랫동안 이러고 있는 거야?"

"한 시간일 수도 있고, 일 분 또는 일백 년일지도 모릅니다. 나도 몰라요. 시계를 안 차고 다니니."

"죽었다가 혼자 힘으로 살아나는 거야, 아니면 네가 도와줘야 해?"

"가끔은 혼자 살아나기도 하는데, 보통은 내가 얼굴을 닦아줘야 합니다. 왜 있잖아요, 병자성사."

이제야 나는 이 모든 사태의 그럴듯한 의미를 간파한다. 소년은 필시 신경성 질환을 이유로 빈번한 실신 상태에 빠지는 것이 분명하다. 이때 이마를 적시는 찬물은 정신을 깨어나게 하는 유도제 역할을 한다. 하지만 나는 아이가 실제로 정신이 들기 전에는 이곳을 떠날 수가 없다.

촛불들이 이제 아이의 얼굴을 발갛게 물들이고 있다. 좀더 따스한 반사광이 드리우며 입과 코 주위로 음영을 누그러뜨린다. 눈동자도 그 새로운 빛을 받아 고정된 시선을 깨뜨리면서, 춤추는 광채를 반사한다.

하얀 드레스 차림의 소녀가 침대 위, 시체인 척하는 소년의 발치에 되는대로 털썩 주저앉는다. 그로 인해 침대 철제 그물식 밑판에 충격이 가해지고, 나는 소년이 다칠지 모른다는 생각에 움찔한다. 소녀의 비웃는 듯한 시선이 나를 돌아본다.

"죽은 사람들은 아파하지 않아요. 그 정도는 아셔야지. 심지어 이곳에 있지도 않습니다. 그들만의 꿈과 더불어 다른 세상에서 자고 있는 거예요……" 억양이 낮게 휘어지면서 목소리의 음색이 한층 어두워지는 가운데, 더욱 부드럽고 그윽한 중얼거림이 이어진다. "그가 죽어 있으면 나는 종종 그 곁에서 잠을 자요. 우린 함께 천국으로 떠나지요."

텅 빈 느낌, 주체하기 힘든 불안감이 다시금 내 정신을 엄습한다. 성의를 보여 자리를 지켜도 아무 소용 없다. 내 몸과 이성을 무기력하게 만드는 이 귀신 들린 방에서 빠져나가고 싶다. 충분한 해명만 얻어내면, 즉시 나는 내뺄 것이다. 나는 첫번째 질문을 되풀이한다.

"엄마는 어디 계시니?"

"나갔어요."

"언제 돌아오셔?"

"안 돌아와요." 소녀의 말이다.

감히 더 캐물을 수가 없다. 보아하니 비밀스러우면서 고통스러운 가정사가 있는 모양이다. 나는 주제를 바꾸기 위해 말한다.

"아빠는?"

"죽었어요."

"몇 번?"

소녀는 동정과 비난으로 가득찬 눈을 휘둥그레 떠서, 단번에 나로 하여금 몸 둘 바를 모르게 만든다. 유난히 길게 뜸을 들이더니, 결국 그녀는 설명해주기로 마음먹는다.

"그런 바보 같은 말이 어디 있어요. 사람이 죽을 땐, 그걸로 끝이죠. 아이들도 그건 압니다." 분명 논리적으로 나무랄 데 없는 진실이다.

결국 내가 너무 앞서갔단 얘기. 이런 어린아이들이 이런 곳에서 아빠 엄마 없이 어떻게 홀로 살아갈 수 있단 말인가! 여기 말고 다른 곳, 이를테면 동정심에 아이들을 받아준 조부모나 친구들 집에서 사는 것일 테다. 한데 다소간 방치되다보니, 아이들끼리 온종일 이곳저곳 쑤시고 돌아다니는 것이다. 전기도 전화도 없는 이 버려진 건물은 그러니까 저들이 즐겨 찾는 놀이터에 불과하다. 내가 묻는다.

"오빠하고 너는 어디에 사니?"

소녀가 대답한다. "장은 오빠가 아니에요. 내 남편입니다."

"그럼 너희 둘이 이 집에서 사는 거야?"

"우린 우리가 살고 싶은 데서 살아요. 그렇게 우리집이 맘에 안 들면, 왜 온 거죠? 우린 누구한테든 무얼 요구한 적이 없습니다."

맞는 말이긴 하다. 도대체 여기서 내가 무얼 하고 있는지 나도 모른다. 머릿속에서 지금 상황을 정리해본다. 어느 가짜 의과대학 여대생이 등장해, 나의 진로를 내가 선택하지 않은 골목길로 꺾어버린다. 나는 내 바로 앞을 가로지르는 아이와 맞닥뜨린다. 그 아이가 넘어지면서 정신을 잃는다. 나는 그 아이의 몸을 제일 가까운 안식처로 옮긴다. 거기서 꼬치꼬치 따지기 좋아하는 신비스러운 소녀가 나타나, 부재하거나 죽은 자들에 관한 밑도 끝도 없는 대화로 나를 끌고 들어간다.

"그의 모습을 보고 싶으면, 저 벽에 걸려 있으니 보세요." 대화 상대가 결론삼아 말한다. 내가 자기 아빠를 생각하고 있는지 어떻게 알아챘을까?

두 창문 사이, 그녀가 손으로 가리키는 내벽에 작은 흑단 액자가 걸려 있고, 그 안에 해군 부사관 제복 차림의 삼십대 남자 사진이 들어 있다. 축성받은 회양목 가지가 검은색 나무틀에 끼어 있다.

"해군이셨니?"

"물론이죠."

"바다에서 돌아가셨어?"

나는 보일 듯 말 듯 소녀가 어깨를 으쓱하며 또다시 "물론이죠"라고 할 줄 알았다. 하지만 그녀의 대답은 언제나 나의 기대를 저버린다. 이번에는 여선생님이 학생을 가르치듯, 기꺼이 내 말을 정정해준다. "해상에서 사망하셨어요." 해난 사고의 경우, 공식적으로 정확한 표현이 그렇다.

그렇더라도 그 나이대 여자아이 입에서 쉽게 나올 만한 용어는 아니다. 문득 학교에서 배운 걸 암송하고 있다는 느낌이 든다. 사진 아래엔 꾹꾹 눌러쓴 손글씨로 이렇게 적혀 있다. '마리와 장에게, 사랑하는 아빠가.' 나는 여자아이를 향해 반쯤 몸을 돌리며 묻는다.

"네 이름이 마리니?"

"물론이죠. 당신은 나를 어떻게 부르고 싶은데요?"

사진을 들여다보는 사이, 별안간 나는 덫을 예감한다. 이미 소녀는 그 덫을 향해 나를 몰아치는 중이다.

"당신 이름은 시몽이지. 거기 당신 앞으로 편지가 있어."

안 그래도 회양목 가지 사이로 살짝 비어져 나온 하얀 봉투에 눈길이 가던 중이다. 대신, 마리의 태도에 나타난 놀라운 변화, 즉 내게 반말을 하고 내 이름을 알고 있는 것에 대해서는 깊이 생각해볼 시간적 여유가 없다.

나는 두 손가락으로 살짝 편지를 집어, 회양목 잎사귀가 다치지 않게끔 조심스레 빼낸다. 이런 재질의 종이는 공기와 빛에 노출될 경우 빠른 시간 안에 누렇게 변색된다. 한데 이 종이는 열악한 조명 상태에서 보기에 누렇게 변색되지도, 삭지도 않은 것 같다. 그곳에 그리 오래

내걸리진 않았다는 얘기다.

봉투에는 수신자 성명이 온전히 기입되어 있다. '므슈 시몽 르쾨르, 일명 보리스.' 다시 말해, 내 본명은 물론이고, 불과 몇 시간 전부터 일하고 있는 조직에서의 암호명까지. 더욱 이상한 건, 필체가 모든 점(같은 잉크, 같은 펜, 같은 손글씨)에서 해군 부사관의 사진에 적힌 글씨체와 똑같다는 사실이다……

바로 그 순간, 소녀가 내 뒤에서 목이 터져라 소리를 지른다. "됐다, 장, 이제 일어나도 돼. 그가 메시지를 손에 넣었어."

내가 급히 돌아보자, 빈사 상태이던 사내아이가 단번에 벌떡 일어나더니 매트리스 가장자리에 걸터앉아 신이 난 여동생과 나란히 다리를 대롱거리고 있다. 두 아이 모두 손뼉을 치면서 일 분 가까이 온몸을 들썩여 웃어대는 바람에 철제 침대가 심하게 요동쳤다. 완전히 나만 바보가 된 느낌이다.

잠시 후, 중간 단계라곤 없는 마리가 특유의 진지한 태도로 돌아온다. 사내아이는 곧바로 마리를 따라 한다. 내가 보기에, 그는 자기보다 훨씬 나이가 어리지만 한층 영악한 이 계집아이에게 깍듯이 복종하는 처지다. 소녀는 나를 위해 이렇게 선언한다.

"이제 당신이 우리 아빠야. 나는 마리 르쾨르. 여기는 장 르쾨르."

소녀는 펄쩍 뛰어 일어나, 한쪽 무릎을 구부려가며 격식을 갖춰 인사함으로써 나를 공모자로 지명한다. 그러고는 출입문 쪽으로 달려가는데, 그곳(문 바깥) 어딘가에 있을 전기 버튼을 누른 것이 분명하다. 연극이 끝난 뒤의 극장처럼, 그 즉시 눈부신 빛이 방을 가득 채우니 말이다.

수많은 램프들, 벽에 달린 새 모양의 고풍스러운 장식등이 눈에 확연히 들어온다. 하지만 불을 켜지 않으면, 까마득히 모른 채 지나칠 수도 있을 것 같다. 마리는 가볍고 경쾌하게 침대로 돌아와 오빠 곁에 딱 달라붙어 앉아 있다. 둘은 목소리를 낮춰 서로 귀엣말로 뭔가를 속삭인다.

그러고 나서 다시 나를 쳐다본다. 그들은 이제 차분하게 주의를 집중하고 있다. 앞으로 무슨 일이 벌어질지 확인하고 싶어한다. 그들은 객석에서 관람하고 나는 무대 위에서, 정체불명의 어떤 남자가 혹은 어떤 여자가? 나를 위해 집필한 미지의 극작품을 연기하는 중이다……

나는 봉인되지 않은 편지봉투를 연다. 네 번 접은 종이 한 장이 들어 있다. 그걸 조심스럽게 편다. 역시 똑같은 글씨체다. 필시 왼손잡이 남자, 보다 정확하게는 왼손잡이 여자가 쓴 글씨체다. 서명을 들여다보는 내 가슴이 마구 뛴다……

그뿐만 아니라, 조금 전 검은 액자 속 사진 하단 왼쪽으로 기운 철자들 앞에서 느낀 본능적인 경계심의 이유를 더 잘 이해하게 된다. 프랑스에서, 특히 저 사진 속 해군과 동일한 세대에서는 왼손으로 글씨 쓰는 사람이 극히 드물다.

당연히, 연애편지일 가능성은 희박하다. 하지만 몇 글자 되지 않아도 이미 대단하다, 특히 영영 떠나보낸 사람으로부터 온 메시지라면. 나는 어린 관객들을 앞에 두고 진짜 연극배우처럼 열정적으로 소리 높여 텍스트를 읽는다.

"암스테르담발 기차는 의심을 따돌리기 위해 거짓으로 제공된 실마리였다. 진짜 미션은 지금부터 시작이다. 방금 너희들끼리 통성명은 했을 테니, 아이들이 데려가는 곳으로 다들 함께 가라. 행운을 빈다."

서명은 'Jean', 그러니까 진Djinn이라는 점에는 오류가 있을 수 없다. 다만 의심 운운하는 문장이 무얼 말하는지가 잘 파악되지 않는다. 누구의 의심이란 말인가? 나는 종이를 다시 접어 봉투에 도로 넣어둔다. 마리가 짧게 손뼉을 친다. 약간 시간차를 두고서 장이 별 열정 없이 따라 한다. 그가 말한다.

"배고파, 죽는 거 참 피곤해."

두 아이가 내게 다가와 각자 강요하듯 손을 하나씩 붙든다. 나는 마음대로 하게 내버려둔다. 어차피 그러라는 지시니까. 우리 셋은 산책에 나서는 가족처럼 방에서 그리고 집에서 벗어난다.

이제 1층 계단과 복도는 2층과 마찬가지로 성능 좋은 전구들로 눈부시게 밝혀진 상태다. (그 모든 불을 누가 켜놨을까?) 밖으로 나서면서 마리가 출입문도 닫지 않고 전기 스위치도 끄지 않기에, 내가 이유를 묻는다. 여태껏 전개된 상황을 감안하면, 그녀의 대답은 딱히 놀랍지도 않다.

"괜찮아, 잔Jeanne과 조제프Joseph가 있으니까."

"잔과 조제프는 또 누군데?"

"그야 조제프는 조제프고, 잔은 잔이지."

이번에는 그녀의 말을 내가 마무리한다. "……물론이지."

그녀는 어긋난 포석 위로 때론 빠르게 걷고, 때론 깽깽이로 뛰면서 내 손을 대로 쪽으로 줄기차게 끌어당긴다. 반대로 장은 약간 끌려가는 느낌이다. 몇 분이 지나지 않아 그가 같은 말을 반복한다.

"나 되게 배고프다."

그러자 마리가 말한다. "재 저녁 먹을 시간이거든. 먹을 걸 줘야 해. 그러지 않으면 또 죽을 거야. 하지만 지금은 그러고 놀 시간이 없어."

말을 마무리하면서 그녀는 짧고 아주 날카롭게, 다소 초조한 느낌으로 웃음을 터뜨린다. 너무 똑똑한 아이들 대다수가 그러하듯, 그녀는 완전히 미쳤다. 나는 실제로 이애가 도대체 몇 살일지 궁금하다. 몸집이 작고 가녀리지만, 여덟 살은 훌쩍 넘은 것 같다.

"마리, 너 몇 살이니?"

"숙녀에게 나이를 묻다니, 그건 예의가 아니지."

"겨우 그 나이에?"

"물론이지. 예의 차려야 할 나이가 따로 있는 게 아니야."

방금 그녀는 서로 통하는 사이에 주고받는 그 어떤 미소도 동반하지 않고서 이 아포리즘을 격언 읽듯이 발설한 거였다. 도대체 자신의 사고방식이 얼마나 터무니없는지 아는 걸까 모르는 걸까? 그녀는 왼쪽으로 돌아 대로로 접어들면서, 장과 나를 질질 끌고 가다시피 한다. 성격만큼이나 똑 부러진 그녀의 걸음걸이는 더이상 질문을 제기할 여지를 주지 않는다. 그러다가 갑자기 덜컥 멈춰 서고는 엄한 눈을 치뜨며 내게 이런 질문을 던진 건 바로 그녀 자신이다.

"당신 거짓말할 줄 알지?"

"가끔, 필요할 때."

"나는 거짓말 아주 잘해, 불필요할 때일지라도. 필요할 때 거짓말하는 것은 확실히 별로 가치가 없지. 나는 온종일 진실이라곤 한마디도 말하지 않으면서 지낼 수도 있어. 작년에는 학교에서 거짓말 상까지 받았다니까."

"거짓말." 내가 받아치는데 그녀는 일 초도 흔들림이 없다. 그저 태연자약하게 여세를 몰아 계속 떠들어댄다.

"논리학 시간에 우리는 2차방정식 거짓말을 학습해. 또한 미지수가 둘인 1차방정식 거짓말도 공부하지. 그리고 가끔 여러 발성법으로 거짓말을 하는데, 무척 재미있어. 상급반으로 올라가면 미지수가 둘인 2차방정식 거짓말과 3차방정식 거짓말을 다루는데, 좀 어려울 거야. 빨리 내년이 오면 좋겠어."

그러더니 별안간 또다시 앞장서 걷는다. 사내 녀석은 입을 열지 않는다. 내가 묻는다.

"지금 어디 가는 거지?"

"레스토랑."

"시간이 돼?"

"물론이지. 편지엔 뭐라고 되어 있어?"

"네가 데려가는 곳으로 내가 가야 한다고."

"그럼 내가 당신을 레스토랑으로 데려갈 테니, 당신은 레스토랑으로 가야 하는 거야."

실로 반박의 여지가 없다. 우린 이제 어느 카페 브라스리* 앞에 당도한다. 소녀는 놀랄 만큼 활기차면서 아주 단호한 동작으로 유리문을 밀어 연다. 장과 나는 그녀를 따라 안으로 들어간다. 순간 나는 그곳이 빨간 재킷 차림의 의과대학 여대생을 만났던 바로 그 카페임을 깨닫는

* 맥주, 와인 등의 술과 음식을 파는 주점을 겸하는 카페.

다……

그녀는 여전히 텅 빈 대형 홀 중앙의 같은 자리에 앉아 있다. 우리가 도착하는 것을 보고 그녀가 일어선다. 내가 돌아오기를 지키고 앉아 기다린 게 분명하다. 우리 곁을 스쳐지나가면서 그녀는 마리에게 살짝 눈짓을 하고 나지막이 속삭인다.

"잘돼가?"

"그럼요." 마리는 아무 거리낌 없이 힘주어 대답하고는 곧장 덧붙인다. "물론이죠."

가짜 여대생은 내게 눈길 한 번 던지지 않고 그대로 나간다. 우린 홀 한쪽 구석에 놓인 직사각형 테이블 중 하나에 자리잡고 앉는다. 분명한 이유 없이, 아이들이 고른 자리는 조명이 제일 덜한 곳이다. 다들 너무 강한 빛을 피하는 것 같다. 어쨌든 결정은 마리의 몫이다.

"난 피자 먹을래." 장이 말한다.

"안 돼." 누이가 말한다. "그 안에 일부러 박테리아와 바이러스를 잔뜩 채워넣는다는 거 알잖아."

어린 친구들이 예방 한번 철저하군, 나는 속으로 중얼거린다. 아니면 미국 가정에서 자라서 그런가? 종업원이 다가오자 마리는 모두를 위해 크로크므슈를 주문하고, 레모네이드 두 잔과 "러시아인 아저씨에게는 맥주 한 잔"을 갖다달라고 한다. 종업원이 아무 말 없이 멀어져가는 동안, 그녀는 나를 향해 끔찍한 인상을 지어 보인다.

"왜 나를 러시아인이라고 했어? 더군다나 러시아인은 프랑스인이나 독일인보다 맥주를 많이 마시지 않는데?"

"이름이 보리스이니 당신은 러시아인이야. 남들처럼 맥주도 잘 마시고, 보리스 르쾨로비치!"

그녀는 말의 어조와 주제를 동시에 바꾸면서, 내 귓가로 바짝 몸을 기울여 비밀을 털어놓듯 속삭인다.

"여기 종업원 얼굴 봤어? 영정 사진 속, 해군 제복 차림을 하고 있던 바로 그자야."

"진짜 죽은 거야?"

"물론이지. 해상에서 사망. 그의 유령이 옛날에 자기가 일하던 카페로 돌아와 서빙을 하는 거야. 그래서 아무 말도 없는 거라고."

"아, 그렇구나." 내가 대꾸한다.

하얀 재킷 차림의 남자가 음료를 들고 우리 앞에 불쑥 나타난다. 사진 속 해군과 닮았는지 확실하진 않다. 그를 향해 마리가 아주 사교적인 태도로 말한다.

"고마워요. 돈은 우리 어머니가 내일 들러서 낼 거예요."

제4장

다 같이 음식을 먹는 동안 나는 마리에게, 종업원이 해군이었는데 죽기 전에 어떻게 카페에 취직할 수 있었는지 물었다. 한데 그녀는 그깟 게 무슨 문제가 되느냐는 투였다.

“물론 휴가중에 해치운 거지. 육지에 배가 닿자마자, 여기서 일하는 애인을 만나러 온 거야. 그리고 사랑의 힘으로 그녀와 함께 아기자기한 백포도주 잔과 크림커피를 챙기며 서빙을 시작한 거지. 사랑, 그게 참 대단한 일을 하게 만들어요.”

“그 애인은 어떻게 됐지?”

“남자가 비극적인 최후를 맞았다는 걸 알고 나서, 공장 피자를 먹고 자살했어.”

그러고 나서 마리는, 내게 제멋대로 러시아 국적을 부여했겠다, 모스크바에서는 사람들이 어떻게 사는지 알고 싶어했다. 나는 내 딸인 만큼 그녀 스스로 이미 잘 알고 있을 거라고 대꾸해주었다. 그러자 그녀는 또다시 황당무계한 이야기를 꾸며댔다.

"천만에. 우린 당신이랑 같이 살지 않았거든. 장과 내가 아직 갓난아기였을 때, 집시들이 우릴 데려가버렸어. 우린 주거용 트레일러에 살면서 유럽과 아시아를 돌아다니며 서커스장에서 노래하고 춤추고 구걸을 했지. 데려다 키운 양부모는 우리에게 돈을 훔치거나 상점 물건을 도둑질하도록 강요하곤 했어.

우리가 말을 듣지 않으면 혹독한 벌을 가했지. 장은 공중그네 위에서 자고, 나는 호랑이 우리에서 자야만 했다니까. 다행히 호랑이가 무척 얌전하더군. 다만 악몽을 꾸는지 밤새 으르렁대긴 했지만. 그럴 때마다 나는 기겁하면서 잠을 깨고 말이야. 아침에 일어날 때쯤이면 늘 잠이 모자란 상태였어.

그 시기에 당신은 우리를 찾으려고 온 세상을 돌아다녔지. 매일 밤 서커스단을 찾아다니면서—날마다 새로운 서커스를 찾아—무대 뒤를 어슬렁거렸어. 마주치는 아이들을 붙잡고 물어본다면서 말이야. 하지만 아마도 여자 곡마사만 쫓아다녔나봐…… 오늘에 와서야 서로를 만난 걸 보면."

마리는 일종의 성급한 확신을 갖고서 말을 빨리 했다. 갑자기 그녀의 흥분 상태가 확 가라앉았다. 돌연 꿈을 꾸는 듯 잠시 생각에 잠기더니, 그녀는 슬픈 표정으로 이렇게 말을 맺었다.

"하긴 지금도 서로 만났다고 확신할 순 없지. 당신도 우리도 찾던 사람이 아닐 수 있으니까……"

필시 그만큼 횡설수설하면 충분했다는 생각인지, 마리는 이제 내가 뭔가 이야기할 차례라고 선언했다.

나는 아이들보다 빨리 먹는 편이라, 크로크므슈를 이미 다 먹어버린 상태다. 반면 마리는 길게 이야기하는 사이사이, 천천히 그리고 열심히 한입 한입 음식을 씹어, 식사를 끝내기엔 아직 멀어 보인다. 나는 어떤 종류의 이야기를 원하는지 묻는다. 그녀가 원하는 것은—두말할 것 없이—'연애담과 공상과학science-fiction'이다. 당연히 후자는 프랑스어(시앙스 픽시옹)로 발음한다. 하여, 내가 이렇게 운을 뗀다.

"좋아. 로봇이 젊은 여인을 만나서……"

나의 청취자는 그러나 더이상 얌전히 듣고만 있지 않는다.

"당신 정말 이야기할 줄 모른다. 진정한 이야기는 반드시 과거형이어야만 해."

"정 원한다면 그렇게 하지. 로봇이 젊은 여인을 만났는데……"

"아니, 그런 과거* 말고. 이야기는 역사적 과거**여야만 한다고. 그렇지 않으면 그게 하나의 '이야기'라는 걸 알 수가 없어."

물론 그녀 말이 맞다. 다만 그 문법적인 시제를 사용하는 데 익숙하지 않아, 잠시 생각에 잠긴다. 그리고 다시 시작한다.

"옛날, 아주 오래전, 아름다운 프랑스 왕국에 철저히 금속으로 된 몸이지만 매우 지적인 로봇이 궁정 무도회에서 귀족 혈통의 어느 젊고 어여쁜 여인을 만났습니다. 그들은 함께 춤을 추었습니다. 로봇이 여인에게 달콤한 밀어를 건넸습니다. 그녀는 얼굴을 붉혔습니다. 로봇은

---

* 현재와의 연관 속에 선행한 사건을 기술하는 복합과거(passé composé)를 말한다.

** 현재로부터 독립된 과거를 객관적으로 기술하는 단순과거(passé simple)를 말한다.

곧바로 사과했습니다.

그들은 다시 춤을 추기 시작했습니다. 그녀는 상대의 움직임이 다소 뻣뻣하다고 느꼈지만, 경직된 태도가 오히려 매력이라 독특한 개성으로 받아들였습니다. 다음날 그들은 곧바로 결혼했습니다. 그들은 호화로운 선물을 잔뜩 받았고 신혼여행을 떠났으며…… 이런 식으로 하면 되는 거야?"

"엉망은 아니네." 마리가 말한다. "그 정도면 괜찮은 편이야. 어쨌든 단순과거 시제가 맞아떨어지긴 하니까."

"그럼 계속하지. 아주 진한 검은 머리를 상쇄하는 뜻에서 이름이 블랑슈*인 젊은 신부는 참으로 순박한 여자였습니다. 그래서 배우자의 인공두뇌학적 본질을 즉시 파악하지 못했습니다. 대신 그가 늘 같은 동작을 하고 매번 같은 말을 한다는 걸 알고는 있었습니다. 옳지, 사고가 꽤 일관성 있는 남자로군! 그렇게 그녀는 생각하곤 했습니다.

그런데 평소보다 일찍 일어난 어느 화창한 아침, 그녀는 목욕실에서 재봉틀용 뷰레트관으로 자기 대퇴부 고관절의 기계장치에 기름칠을 하고 있는 남편을 목격했습니다. 다 큰 성인 입장에서 일단 모른 척하고 넘어갔습니다. 하지만 그날부터 의혹이 그녀의 가슴을 파고들었습니다.

설명되지 않은 세세한 문제들이 자꾸만 그녀의 머릿속을 맴돌았습니다. 예컨대 알코브**의 아늑한 공간에서 한밤중에 남편이 포옹을 해오는 사이에 들려오던, 침대 밑판으로는 만들어낼 수 없는 삐걱거리는

---

* 프랑스어로 '희다'를 의미하는 형용사의 여성형.

** 서양 건축에서 벽을 우묵하게 파내어 침대 등을 놓는 공간.

소음이랄지, 남편을 둘러싼 공간을 가득 채우며 똑딱거리는 이상한 자명종 소리 같은 것들.

또한 블랑슈는 표정이라곤 없는 남편의 잿빛 눈동자가 방향 전환을 모색하는 자동차처럼 이따금 왼쪽이나 오른쪽으로 깜빡거린다는 것을 알아냈습니다. 그 밖에도 기계장치에 의한 것으로 보이는 다른 신호들이 그녀를 몹시 불안하게 만들었습니다.

급기야 그녀는 정말이지 악마적이고, 훨씬 더 무시무시한 비정상 상태에 대해 확신하게 되었는데, 그도 그럴 것이 남편이 아무것도 잊어버리지 않는 것이었습니다! 일상의 소소한 사건들과 관련한 남편의 기막힌 기억력, 이를테면 매달 말에 둘이서 가계부를 정리할 때 불가해한 속도로 암산 능력을 발휘하는 그의 모습은 블랑슈로 하여금 의심 가득한 생각을 품게 만들기 충분했습니다. 그녀는 뭔가를 더 알고 싶어했고, 마키아벨리적인 계획을 품게 되었습니다……"

어느새 아이들은 각자 자기 접시를 깨끗이 비운 상태다. 갑자기 욱하는 심정에, 나는 당장이라도 이 가게를 박차고 나가 다음 행선지를 확인하고 싶어 안달이 난다. 그리하여 이야기의 결말을 서두른다.

"유감스럽게도 바로 그즈음 제17차 십자군전쟁*이 터졌습니다. 로봇은 식민보병 제3장갑연대에 동원되었습니다. 그는 마르세유 항구에서 출항하여, 팔레스타인을 상대로 전쟁을 치르기 위해 중동 지방으로 떠났습니다.

모든 기사가 스테인리스 강철로 된 갑옷을 착용했기에, 로봇 특유의

* 물론 지어내는 이야기다. 십자군전쟁은 제8차가 마지막이다.

물성이 그다지 시선을 끌지 않았습니다. 그는 어느 여름날 저녁, 예루살렘 성벽 아래서 누구의 주의도 끌지 못한 채 허망하게 목숨을 잃었기에, 그리운 프랑스로 돌아오지 못했습니다. 어느 이교도의 독화살이 그가 입은 쇠사슬 갑옷을 파고들었고, 전자두뇌 내부에서 누전을 유발했던 것입니다."

마리의 표정이 뚱하다.

"끝이 바보 같아. 몇 가지 아이디어는 좋았는데, 그걸 영리하게 발전시킬 줄을 모르는 거야. 특히 당신이 창조한 인물들에게 한 번도 제대로 공감을 불러일으키지 못했고 생명력을 부여하지도 못했어. 그러니 마지막에 주인공이 죽을 때조차 청중들은 전혀 감동하지 못하는 거라고."

"주인공이 죽었을 때, 너 울컥하지 않은 거야?" 내가 농담조로 받아친다.

지나치게 까다로운 나의 작문 선생에게서 그나마 이번에는 예쁘장하니 기분좋은 미소를 얻어내긴 했다. 그녀는 농담조의 말투를 똑같이 흉내내 응수한다.

"여보세요 아저씨, 그래도 둘이 서로 안면 트고 달콤한 말 나누던 그 무도회 장면에서는 이야기가 제법 들을 만했다오. 장과 내가 식사를 다 끝냈을 때, 당신이 이야기를 간략하게 줄이는 바람에 아쉬웠지만 말이외다. 왠지 당신 태도가 갑자기 서두는 느낌이었는데 말이지……" 그러고는 또 말투를 바꾼다. "나도 나중에 공부해서 소설 속 여주인공이 될 테야. 좋은 직업이잖아, 단순과거로 살게 해주고 말이지. 당신도 그게 더 예쁠 것 같지 않아?"

그때 오빠가 끼어든다. “나 아직 배고파. 이제 피자 먹을래.”

둘 다 웃는 걸 보니, 아마도 장난으로 하는 말 같다. 그런데 나로선 이유를 모르겠다. 그들만의 사적인 전승傳承에 속하는 모양이다. 이어서 아주 기나긴 침묵이 마치 시간 속의 구멍처럼, 두 개의 장章 사이 하얀 여백처럼 등장한다. 나는 뭔가 새로운 일이 분명 일어날 거라고 결론짓는다. 그리고 기다린다.

나의 어린 동행자들 역시 기다리는 것 같다. 마리는 나이프와 포크를 가지고 끄트머리를 서로 잇대서 균형을 유지하는 놀이를 잠시 즐긴다. 다음으로 그 둘을 테이블 한복판에 십자 형태로 놓는다. 사소한 행위임에도 어찌나 진지하고 정밀한 태도로 임하는지, 나이프와 포크가 내 눈에는 흡사 신비주의 기호와도 같은 가치를 지니는 듯하다.

불행하게도 나는 그것들을 해석하는 방법을 모른다. 사실 아무 의미 없는 것인지도 모른다. 마리는 모든 아이와 시인이 그러하듯, 의미와 무의미를 가지고 놀며 즐기는 것이다. 구성이 완료되자 그녀는 저 혼자 웃고, 작은 잔에 담긴 내용물을 싹 다 마셔버린다. 둘 다 입을 다물고 있다. 무얼 기다리는 걸까?

침묵을 깬 건 사내아이다.

“아녜요, 걱정 마세요. 피자는 그냥 약올리려고 해본 말입니다. 게다가 이 카페에선 몇 달 전부터 크로크무슈와 샌드위치밖에 안 팔아요. 우리가 여기서 무얼 기다리는지 궁금하지 않았나요? 그저 출발 시간이 되지 않아서 앉아 있었을 뿐이에요. 자, 이제 일어납시다.”

자기 누이와 마찬가지로, 소년은 거의 성인이나 다름없는 말투를 구사하고 있다. 더군다나 그는 나를 존대한다. 그는 내가 처음 본 한 시간 이상 전부터 그다지 말이 많은 편은 아니었다. 한데 이제 보니 왜 그렇게 과묵했는지 알 만하다.

목소리가 딱 변성기다. 말을 하다가 불시에 갈라진 억양이 튀어나와 우스꽝스러운 꼴을 보일까 걱정하는 것이다. 이는 또한 두 남매끼리 왜 그렇게 웃어댔는가를 해명해주는지도 모른다. '피자'라는 단어가 그의 목청이 감당하기에 특히 곤란한 음가를 지니고 있는 거다.

드디어 마리가 내게 우리의 다음 계획을 설명해준다. 그녀 자신은 집(어떤 집?)으로 돌아가 숙제(거짓말 숙제?)를 해야 하고, 오빠가 나를 어느 은밀한 모임에 데려가 거기서 정확한 지시를 받도록 해줄 것이다. 그런데 나는 그 미팅 장소의 위치에 대해서 아무것도 몰라야만 한다. 따라서 나는 안경알이 완전히 불투명한 선글라스를 착용하고 맹인 행세를 해야만 한다.

이 비밀조직의 활동을 둘러싼 특별한 절차들과 불가사의한 의식들은 갈수록 도를 넘고 있다. 하지만 나는 왠지 그 대부분이 놀이일 거라 확신했고, 어찌됐든 끝장을 보리라 작심한 상태였다. 그 이유야 짐작하기 어렵진 않을 터.

그리하여 나는 맹인으로 분장하기 위해 필요한 사물들, 즉 하얀 지팡이와 예의 그 불투명한 선글라스가 거의 기적과도 같이 출현해도 아주 자연스럽게 받아들이는 척한다. 장은 조용히 일어나, 우리가 음식을 먹고 있던 위치에서 멀지 않은 홀의 한쪽 구석, 얌전히 대기중인 그것들을 가지러 간다.

두 아이는 물건을 숨겨둔 곳에서 확실히 가깝다는 이점 때문에 조명도 별로인 이 불편한 테이블을 고른 게 분명하다. 한데 분장도구들을 그곳에 숨겨둔 장본인은 또 누구인가? 장인가 마리인가? 아니면 빨간 재킷을 입은 여대생인가?

그 여자는 진이 나를 심부름꾼으로 고용한 마네킹 공장에서부터 줄곧 나를 미행했을 것이다. 지팡이와 선글라스를 미리 챙겨두었다가 이곳 카페 브라스리까지 나를 미행했고, 내가 들어오고 몇 초 후에 자기도 따라 들어왔다. 그러고는 곧장 문제의 소품들을 구석에 숨겨둔 다음, 가까운 테이블에 자리잡고 앉은 것이다.

그런데도 그 모든 번잡한 행각을 내가 전혀 눈치채지 못하고 있었다니 놀랍다. 여대생의 존재를 알아챘을 때 당사자는 이미 자리에 착석해 두꺼운 해부학 책을 조용히 읽고 있었다. 지금 나는 내 현실감각을 좀먹어가고 있을 몽롱하고 행복한 연애의 상상 속에 기꺼이 나 자신을 내맡긴 상태고.

실은 또다른 문제 하나가 나를 훨씬 더 당혹스럽게 하고 있다. 이 가게에서 커피를 마시고자 한 건 바로 나 자신이고, 가짜 여대생은 그런 나를 미행했을 뿐이다. 그러니까, 내가 대로변에 있는 다른 가게를 골라 들어갈 수도 있었던(아니면 굳이 커피를 마시려고 하지 않을 수도 있었던) 것이다. 그런 상황에서 아이들은 공범인 여대생이 지팡이와 선글라스를 어디에 숨겨둘지, 어떻게 미리 알 수 있었을까?

그런가 하면 마리는 여기 도착하면서 마치 잘 알고 지내는 사람처럼 종업원에게 말을 건넸다. 장은 카운터 위에 내걸린 메뉴판에 허위로 기재된 음식 중 어떤 요리들이 실제로 주문 가능한지를 알고 있었다. 무엇보다 이들은 음식값을 치르기 위해 이제 곧 자기들 어머니가 나타날 거라고 주장했다. 얼마 안 되는 금액이라 내가 그냥 지불하게 놔두어도 충분한데 말이다. 카페 종업원은 그에 대해 아무런 이의도 제기하지 않았다. 매사 단골손님처럼 행동하는 이 아이들을 철석같이 믿고 있음이 역력했다.

요컨대 그들에게 더도 말고 딱 구내식당 겸 본부 역할을 하는 카페 브라스리에 내가 우연히 들어선 것처럼, 모든 일이 착착 진행되고 있다. 정말 있을 법하지 않은 일이다. 그런데 다른 가능한 설명은 이보다 더 괴이쩍다. 이 모든 게 '우연한' 일이 아니라는 설명 말이다. 즉, 나는 조직에 의해 나도 모르게 이곳 가게로 인도되었고, 현장에서 나를 기다리는 여대생을 만났다.

이 경우, 도대체 나는 어떻게 '인도'된 것일까? 누가 무슨 수로 나를? 어떤 비밀스러운 방법으로? 이 모두를 곰곰 생각할수록 이해의 범위만 점점 줄어들고, 상황 자체가 불가해한 수수께끼라는 결론만 떠오르는 것이니…… 아이들과 의과대학 여대생의 관계가 무엇이냐는 문제부터 우선 접근하는 것이 관건이건만…… 아뿔싸, 나는 그 무엇도 해결할 엄두를 내지 못하고 있다.

이런 생각들을 머릿속에서 굴리는 동안, 장과 누이가 내게 선글라스를 씌웠다. 고무로 겉을 에워싼 안경테가 이마와 관자놀이, 광대뼈에 완벽히 들어맞았다. 나는 안경 옆이나 아래로 아무것도 볼 수 없으며, 진짜 불투명한 렌즈여서 그 너머로 사물을 전혀 분간할 수 없다는 사실을 곧바로 확인했다.

이제 사내 녀석과 나는 대로의 보도 위를 나란히 걸어간다. 우린 서로 손을 붙잡는다. 나는 자유로운 오른손으로 하얀 지팡이를 쥐고서 앞으로 내민다. 그 끝을 발 앞에서 이리저리 휘저어, 혹시나 있을지 모를 장애물을 탐지하는 것이다. 얼마간 그러고 나니, 이젠 도구를 사용하는 것이 지극히 자연스러워진다.

그렇게 맹인으로 질질 끌려다니다시피 하면서, 나는 저녁 여섯시 반 온갖 폐기 처분된 상품들과 고장난 기계장치들로 가득한 마네킹 창고로 '므슈 장'의 호출을 받고 들어간 이후, 점점 내 자유가 퇴행의 길을 밟게 되는 이 모든 괴이한 과정을 천천히 되짚어본다.

제일 처음 그곳에서 나는 동갑인(혹은 나보다 어린) 여자의 지시를 따르기로 했을 뿐만 아니라, 권총의 위협에(적어도 그런 추측하에) 굴복하여 그리하기도 했으며, 이는 내가 자진해서 뛰어든 일이라는 느낌을 철저히 파괴하는 것이었다. 게다가 나는 정확한 미션이 무엇인지, 조직이 추구하는 목표가 무엇인지에 대해 전적인 무지 상태를 고수할 것을 아무 이의 없이 받아들였다. 이 모든 조건에도 나는 전혀 괴롭지 않았다. 오히려 내 기분은 행복하고 홀가분했다.

그러고 나자 카페에서 별로 호감이 느껴지지 않는 여대생이 나타나, 학교 선생님 또는 경찰관을 연상시키는 태도로 내게 어떤 길을 가도록 강요했는데, 그 길이 왠지 썩 좋아 보이지는 않았다. 결국 그 길바닥에 의식을 잃고 쓰러져 다친 흉내를 내던 소년 하나를 돌보게 되었지만, 실은 나를 골탕 먹이려고 그랬던 것이다.

이를 알아차렸을 때, 나는 그 배은망덕한 소행을 나무라지 않았다. 그리고 이번에는 열 살이 채 안 되는, 거짓말쟁이인데다 작화증 환자이기까지 한 계집아이에게 꼼짝없이 복종하는 나 자신을 목도하게 되었다. 급기야 나는 내 눈의 용도마저 포기할 것을 받아들이기에 이르렀으며, 이는 지능과 자유의지에 이어 최종적으로 내가 가진 권리를 폐기 처분하는 셈이었다.

그리하여 나는 이제 내가 무엇을 행하는지, 어떤 일이 내게 일어나는지 전혀 이해하지 못할뿐더러, 아마도 간질을 앓고 있을 저 과묵한 소년의 인도를 받아 나의 다음 행선지가 어디인지조차 모르고 움직인다. 선글라스를 가지고 잔재주를 부려 명령을 어기는 따위의 허튼짓을 할 생각은 추호도 없다. 물론 눈썹이 좀 가렵다는 핑계로 안경테를 살짝 밀어, 고무로 된 가장자리와 콧등 사이의 틈새를 벌리기만 해도 충분하다……

하지만 그딴 짓은 결코 시도하지 않는다. 나는 정말이지 책임을 물을 수 없는 요원이 되고 싶었다. 내 눈을 가린다고 해서 걱정하지도 않았다. 진만 좋다면, 조만간 나는 자진해서 일종의 초보적인 단계의 로봇이 되어볼 생각이다. 이미 나는 앞 못 보고, 말 못 하고, 귀 안 들리는 마비 환자의 의자에 착석한 나 자신을 보고 있다…… 무얼 더 어쩌겠나?

그런 생각들이 떠오르면서 나도 모르게 웃음이 새어나왔다.

"왜 웃어요?" 장이 묻는다.

나는 지금 내 상황이 다소 우스꽝스러운 것 같아서라고 대답한다. 그러자 소년은 아까 카페에서 그의 누이 입을 통해 내 귀로 흘러들어온 문장 하나를 그대로 되풀이한다.

"사랑, 그게 참 대단한 일을 하게 만들어요."

처음엔 나를 놀리는 줄 알았다. 그래서 확실히 짜증 섞인 어조로, 그게 지금 무슨 상관인지 모르겠다고 받아쳤다. 한데 가만 생각해보니, 소년의 그 말은 어차피 설명이 불가능해 보인다. 나 스스로도 이제 겨우 인정한 (터무니없을뿐더러, 그 자체가 비밀인) 사랑의 기대감을 저 아이가 어찌 알겠는가?

소년은 둔중함과 날카로움 사이에서 끊임없이 주저하는 변성기 목소리로 말을 잇는다. "웬걸요, 분명히 상관있죠. 알다시피, 사랑은 눈먼 맹인입니다. 어떻든 간에 당신은 지금 웃을 이유가 없어요. 앞을 못 본다는 건 슬픈 일입니다."

그렇다면 (앞을 못 본다는 성질에 관한 두 가지 전제로부터 완벽한 삼단논법에 따라 도출된 결론으로서) 사랑이 슬프다는 뜻인지 물으려 하는 참에, 어떤 사건이 벌어져 그만 우리의 대화를 끝낼 수밖에 없다.

조금 전부터 우리는 보도 가장자리에 멈춰 서 있었다. (그전에, 쇠로 마감한 지팡이 끝으로 포석을 두드려, 돌조각이 튀어나온 것을 감지한 상태였다.) 나는 보행자로 하여금 길을 건너도록 신호등이 작동할 때까지 기다리는 중인 줄 알았다. (이 나라에는 일본의 여러 도시들에 있는 것처럼 맹인을 위한 음악 신호장치가 존재하지 않는다.) 하지만 나의 착각이었다. 그곳은 택시 승강장으로, 장이 빈 택시가 오기를 기다리고 있었던 것이다.

실제로 그가 나를 부축하며 차에 태우는데, 내가 더듬어 파악한 문짝의 이모저모로 보아 어느 정도 덩치가 있는 중형차 같다. (지팡이는 안내자에게 맡겨두고) 나는 넓고 안락한 뒷좌석으로 느껴지는 곳에 앉는다.

내가 자리를 잡고 앉는 사이, 장이 소리 나게 문을 닫더니 좌측으로 탑승하기 위해 차를 한 바퀴 도는 것 같았다. 이윽고 문 여는 소리가 들리고, 누군가 안으로 들어와 내 옆에 착석한다. 물론 그 녀석이 분명하다. 흉내내기 어렵게 갈라진 목소리로 택시 운전사를 향해 이렇게 말한다.

"여기로 가주세요."

동시에 종이 부스럭거리는 소리가 들린다. 우리가 가려고 하는 장소를 말로 알리는 대신, 주소가 적힌(누가 적었을까?) 종이를 택시 운전사에게 내민 것이다. 이러한 술책에 힘입어 나는 우리의 행선지에 대해 계속해서 무지한 상태에 있게 된다. 아이가 종이를 내미니, 운전사로서 이상하다고 느낄 이유가 없다.

그런데 혹시 택시가 아닐 수도?

제5장

차가 굴러가는 동안, 나는 내가 처한 상황의 부조리함을 또다시 생각해보았다. 다만 모든 걸 끝내버릴 결심에는 이르지 못했다. 이 끈질긴 미련에 나 자신도 놀랄 지경이었다. 나는 이런 상황을 은근히 즐기면서도, 나 자신을 나무라고 있었다. 내가 진에 대해서 가지고 있는 관심이 유일한 이유일 순 없었다. 물론 호기심이 작용하고는 있었다. 다른 무엇이 있을까?

우연이 조금도 개입하지 않는 이런저런 만남과 에피소드의 연속에 끌려다니는 기분이었다. 그 심오한 인과관계를 오직 나만 파악하지 못하고 있었던 거다. 연이어 발생하는 수수께끼 같은 상황들이 일종의 보물찾기 게임을 떠올리게 했다. 수수께끼에서 수수께끼로 진행하면서, 해결책은 마지막에 가서야 발견한다. 보물은 다름 아닌 진이었다!

나는 조직에서 내게 기대하는 것이 어떤 종류의 일인지도 여러 각도로 자문해보았다. 그냥 터놓고 얘기하기가 겁나는 걸까? 별로 떳떳하지 못한 일인가? 이 기나긴 예비 과정은 도대체 무얼 의미하는가? 왜 내게 이토록 주도권을 허락하지 않으려 하는 걸까?

정보가 이처럼 철저하게 차단되는 상황이, 나는 어쨌든 잠정적인 조치이길 바랐다. 아마도 테스트를 위한 첫 단계 과정일 테니 일단 통과하는 것이 중요하리라. 보물찾기 게임은 그렇게 나의 공상적인 정신 속에서 신비의 입문 여행과도 같은 무엇으로 변해갔다.

아이가 인도하는 맹인이라는, 고전적 인물로의 변신은 분명 사람들의 동정심을 일깨우다가, 결과적으로 그들의 경계심을 잠재우는 방편으로 작용했다. 하지만 애초에 저들이 내게 신신당부한 것은 되도록 사람들 눈에 띄지 않게 행동하라는 거였기에, 나로서는 아주 문제가 많은 방법으로 보였다.

게다가 불안을 유발하는 분명한 주제 하나가 끊임없이 내 신경을 건드리는 것이었다. 도대체 지금 우리는 어디로 가고 있는가? 어느 거리, 어느 대로를 따라가고 있나? 어느 교외를 향해 차가 굴러가고 있는가? 어떤 놀라운 사실을 향해? 어떤 새로운 비밀을 향해? 그것에 도달하려면 아직 한참 가야 하나?

이유는 정확히 모르겠으나, 마지막 문제—차로 가는 데 걸리는 시간—가 특히 나를 초조하게 했다. 장은 그 정도쯤 내게 말해줄 권한이 있지 않을까? 어찌됐든, 그에게 물었다. 한데 자기는 전혀 모른다는 대답이 돌아왔고, 그랬기 때문에 이상하다는 생각만 더 굳어갔다(적어도 내가 그에게 기대를 건 만큼 더).

우리 이야기를 죄다 듣고 있던 택시 운전사가 그때쯤 끼어들어 나를 안심시키려 했다.

"걱정 마십시오. 이제 곧 도착할 겁니다."

하지만 나는 오히려 두 문장 속에, 왠지 모르게 은근한 위협이 도사리고 있음을 감지했다. 어쨌든 그리 중요한 문제는 아니었다. 주변에서 흘러드는 거리의 소음에 잔뜩 귀기울였지만, 지금 우리가 가로지르는 구역과 관련하여 그 어떤 단서도 제공해주지 못하고 있었다. 아마 길이 꽤나 한산했던 모양이다.

잠시 후, 장이 내게 박하사탕을 몇 알 주었다. 나는 그중 하나만 먹겠다고 대답했다. 사실 예의상 그렇게 말한 거였다. 그는 나의 왼팔을 건드리며 말했다.

"어서요. 손 이리 내봐요."

나는 손바닥을 펴고 팔을 뻗었다. 그는 아이들 호주머니 속에 넣고 다니는 사탕이 흔히 그렇듯, 반쯤 녹아 끈적끈적해진 사탕 한 알을 내 손바닥에 올려놓았다. 정말이지 그런 건 먹고 싶지 않았으나, 감히 내 속마음을 밝힐 수가 없었다. 일단 받은 사탕을 되돌려주기란 불가능한 일이었다.

그래서 나는 꾹 참고 입안에 그것을 넣었다. 순간, 밋밋하면서도 씁쓰레한, 이상한 맛이 났다. 당장 뱉어내고 싶은 마음이 굴뚝같았다. 그래도 녀석을 자극하지 않으려고 참았다. 보이지가 않으니, 그가 나를 여전히 주시하고 있는지 전혀 알 수가 없었다.

그러고 보니 실명失明의 역설이라 할 결과가 빚어진 셈이었다. 맹인은 그 무엇도 남몰래 행할 수가 없다는 사실! 즉, 앞을 못 보는 불행한 사람은 누군가 자기를 보고 있다는 두려움에 지속적으로 시달린다. 그 불쾌한 기분에서 벗어나기 위해, 나는 다소 비논리적인 반사행동이지만, 이미 선글라스로 가린 두 눈을 또다시 질끈 감았다.

……

확신컨대, 나는 잤다. 혹은, 적어도 졸았다. 그런데 얼마 동안 졸았는지는 모른다.

"일어나요." 사내아이의 목소리다. "여기서 내립니다."

그와 동시에 내 몸을 살짝 흔들고 있었다. 이제야 그 수상한 맛의 박하사탕에 혹시 마취 성분이 들었던 게 아닐까 의심해본다. 평소 차를 타면서 자는 버릇이 딱히 없었기에 더 그렇다. 아마도 누군가의 지시를 받고서 장, 요 녀석이 내게 약을 먹였으리라. 이런 식으로 하다보니, 우리가 몇 시간에 걸쳐 차를 타고 왔는지조차 나는 알 수가 없다.

차가 정지했다. 가만 보니 나의 어린 안내자가 이미 운행 요금을 지불한 상태다(갈수록 불확실해지는 점이긴 하나, 정말로 이 차가 택시라면 말이지만). 대신 나는 택시 운전사가 있어야 할 자리에 아무도 없다는 사실을 간파했다. 아울러 내가 더이상 같은 자동차에 타고 있지 않다는 혼란스러운 느낌에 사로잡힌다.

정신을 추스르려고 무진 애를 쓴다. 내가 아직 처박혀 있는 어둠은 잠에서 깨어나기를 더욱 힘겹게 할 뿐 아니라, 잠에서 깼다는 사실 자체를 불확실하게 만든다. 내가 잠에서 깨는 꿈을 꾸는 동안은 그 잠이 연장되는 느낌이랄까. 아무튼 시간에 대한 최소한의 관념조차 지금은 가지고 있지 않다.

"서둘러요. 시간이 넉넉하지 않다고요."

수호천사께서 안달이다. 정상이 아닌 목소리를 마구잡이로 질러대면서 나를 다그치고 있다. 나는 힘겹게 차에서 몸을 빼내 간신히 바로 선다. 술을 너무 많이 마신 것처럼, 정신이 얼떨떨하다.

“이제 지팡이 돌려줘.” 내가 말한다.

소년은 내 오른손에 지팡이를 쥐여준다. 그러고는 곧바로 내 왼손을 붙잡아 거칠게 잡아끈다.

“너무 빨리 가지 마. 잘못하다 넘어지겠어.”

“자꾸 그렇게 늑장부리다가는 늦어요.”

“지금 어디 가는데?”

“그건 나한테 묻지 말아요. 말해줄 권리가 내게 없으니까. 더군다나 이름도 없는 곳이에요.”

그러고 보니 아주 적막한 장소다. 주변에 아무도 없는 것 같다. 말소리도 발소리도 들리지 않는다. 우리만 자갈 위를 걷고 있다. 그러더니 바닥의 성질이 바뀐다. 문턱을 넘는가 싶더니, 어느 건물로 들어간다.

이제부턴 다소 복잡한 경로를 거치는데, 방향을 바꿀 때마다 조금도 망설이지 않는 걸로 보아 녀석은 머릿속으로 샅샅이 다 외우고 있는 눈치다. 처음엔 타일바닥이던 것이 어느새 나무로 된 마룻바닥이다.

그게 아니라면, 지금 다른 누가 더 있어 우리와 동행하고 있거나 앞장서 길을 안내하고 있는지도 모른다. 실제로 내가 어느 한순간 멈춰 서면, 손잡고 같이 걷던 나의 어린 안내자도 멈춰 서는데, 그럼 약간 앞쪽에서 잠깐 동안 더 진행하는 제3의 발소리가 느껴지는 것이다. 하지만 장담하긴 아직 어렵다.

소년이 말한다. “멈추지 말아요.”

몇 미터 더 가서는 또 이렇게 말한다.

"주의해요, 이제 계단입니다. 오른손으로 난간을 잡아요. 지팡이가 방해되면 나한테 주고요."

아니, 본능적으로, 나는 지팡이를 쥐고 있는 게 편하다. 무엇에 접근하든 그것을 나는 위험으로 예감한다. 따라서 계단의 철제 난간과 지팡이의 굽은 손잡이를 나는 같은 손으로 함께 그러쥔다. 모든 사태에 대비하는 것이다. 만약 이건 안 되겠다 싶을 만큼 불안한 상황이 엄습할 경우엔, 즉각 걸음을 멈추고 재빨리 왼손(소년이 느슨하게 붙들고 있는 바로 그 손)으로 선글라스를 벗으면서, 오른손으로는 쇠붙이가 달린 내 지팡이를 방어용 무기로 휘두를 준비에 들어간다.

그러나 다급한 상황은 발생하지 않는다. 아주 가파른 계단으로 한 층 오르자, 집회 장소인 듯한 방 앞에 이내 당도한다. 들어서기 전에 장이 먼저 귀띔해주면서 낮은 목소리로 이렇게 덧붙였다.

"소리 내지 말아요. 우리가 제일 마지막입니다. 남의 주목을 끌어선 안 돼요."

그가 조용히 문을 열었고, 나는 여전히 한 손을 내맡긴 채 어린아이처럼 뒤를 따른다. 안에는 많은 사람이 모여 있다. 잡다하게 뒤섞인 가벼운 소음 속에서 나는 숨소리, 기침 참는 소리, 옷자락 스치는 소리, 뭔가 살짝 부딪치는 소리, 살며시 미끄러지는 소리, 마룻바닥에 구두 밑창 긁히는 미세한 소리 등을 분간해낸다.

그럼에도 다들 부동자세를 고수하고 있다는 확신이 든다. 다만 하나같이 서 있긴 해도, 그 자리에서 조금씩은 움직이는 거야 어쩔 수 없다. 아무도 내게 어디 앉으라는 말을 건네지 않기에, 나 역시 앉지 않는다. 우리 주위에 어느 누구도 말 한마디 하지 않는다.

문득, 다수의 긴장한 존재들로 빽빽이 들어찬 침묵 속에서 그토록 기다리던 놀랄 만한 상황이 마침내 펼쳐진다. 진이 그곳에 나타난 것이다. 그녀의 아리따운 목소리가 내게서 불과 몇 미터 거리를 두고 솟아오른다. 나는 그간 꾹 참고 견딘 모든 것을 단번에 보상받는 느낌이다.

그녀가 말한다. "앞으로 꼭 필요한 몇 가지 설명을 해드리기 위해 제가 여러분을 이 자리에 모셨습니다……"

나는 그녀가 연단에 똑바로 서서 군중을 마주본다고 상상한다. 혹시 교실에서처럼 그녀 앞에 책상이라도 있는 걸까? 진은 무슨 옷을 입었을까? 여전히 그 코트를 걸치고 중절모를 썼을까? 아니면 이 집회를 위해 모두 벗어버렸나? 선글라스는 지금도 착용하고 있나?

처음으로 내 선글라스를 벗고 싶은 욕구가 들끓는다. 하지만 아직 아무도 그걸 허락해주지 않았다. 더군다나 가까이 있는 이 모든 사람이 나를 바라볼지 모르는 상황에서 지금은 그런 짓을 시도할 적기가 결코 아니다. 진을 굳이 신경쓰지 않더라도…… 그래서 나는 내게 주어진 것만으로 만족할 것이다. 미국식 악센트가 살짝 실린 저 감미로운 목소리 말이다.

"…… 국제적인 비밀조직 …… 직무 세분화 …… 인도주의적 대업大業……"

인도주의적 대업이라니? 무슨 말을 하는 건가? 불현듯 나의 경박함을 의식하게 된다. 그녀가 무슨 말을 하는지 듣지도 않고 있다! 그 이국적인 억양에 매료된 채, 입과 얼굴을 상상하는 데 온통 정신이 팔려(웃는 얼굴일까? 아니면 조직의 우두머리로 행세하느라 잔뜩 무게를 잡고 있을까?) 핵심을 놓쳤다. 그녀의 말 속에 담긴 정보에 집중해야 할 것을. 나는 말의 의미를 주워 담고 해석하는 대신, 그것의 단맛만을 즐기고 있다. 내가 앞으로 하게 될 일에 관해 알고 싶어 그토록 조급해 했으면서!

진이 갑자기 입을 다물었다. 방금 한 말이 뭐였더라? 기억해내려 해도 소용없다. 조직의 의례적인 환영 인사에 불과하며, 가장 중요한 내용은 아직 언급하지 않았다는 생각만 막연히 머릿속을 맴돈다. 한데 그녀는 왜 입을 다물었을까? 그러는 동안 청중들은 뭐하고 있는 거지? 내 주위 어느 누구도 동요하거나, 놀라는 티를 드러내지 않는다.

기분 때문인지는 모르겠으나, 내 오른쪽 눈이 성가시게 따끔거린다. 눈꺼풀을 강하게 찡그려보는데도 그 느낌이 잘 가시지 않는다. 어떻게 하면 표나지 않게 긁을 수 있을까 궁리해보지만, 왼손은 전혀 놓아줄 기미를 보이지 않는 소년이 붙잡고 있고, 오른손은 지팡이가 방해한다. 그래도 더는 참을 수가 없어, 오른손을 이용해 최소한 눈 주위라도 긁어보려고 시도한다.

지팡이의 구부러진 손잡이 때문에 불편하지만, 어색하게나마 움직여본다. 선글라스의 두꺼운 테를 눈두덩 위로 밀어올린다. 안경알이 겨우 움직이다가 말았지만, 고무테와 살갗 사이 조금 벌어진 간격은 내 오른쪽 방향에서 벌어지고 있는 일을 알아보게끔 해주기에 충분하다……

순간 나는 망연자실한다. 이건 상상도 못한 일이다…… 좁게 갈라진 시야를 통해서 조금이라도 넓게 훑어보려고, 나는 천천히 머리를 움직여본다. 사방에서 보이는 배경이 처음의 어리둥절한 기분을 더욱 공고히 할 뿐이다. 이삼십여 개로 늘어난 나 자신의 이미지를 대하는 느낌이다.

아마도 가짜일 것이 분명한 맹인들로 방안이 가득하다. 다양한 차림새(그러면서도 나와 비슷한 유형의 복장)의 내 또래 젊은 남자들이 똑같이 큼직한 선글라스를 착용하고, 똑같은 흰색 지팡이를 오른손에 쥔 채, 거의 비슷해 보이는 소년에게 왼손을 맡기고 서 있는 것이다.

다들 같은 방향을, 즉 연단을 향하고 있다. 각 커플—맹인과 안내자—은 신경써서 배열한 것처럼 거의 동일한 간격을 두고 옆 커플과 격리되어, 제한된 사각 칸에 일괄 제작된 조각상들처럼 서 있다.

순간, 어리석은 질투의 감정이 내 가슴을 틀어쥔다. 진은 나라는 사람을 상대하고 있었던 것이 아니다! 나는 그저 다수가 모이는 집회인 줄로만 알고 있었다. 그런데 내 눈으로 직접 목격한 것은 진이 나와 별반 다르지 않은 젊은이 이삼십 명을 미리 모집하여 정확히 동일한 방식으로 다루어왔다는 사실이다. 그녀에게 나는 저들 중 전혀 특별할 것 없는 무의미한 존재일 뿐이다.

바로 그때, 진이 다시 연설을 시작한다. 참 묘하게도, 그녀는 이야기의 맥락을 유지한답시고 앞서 한 말을 반복하지 않고, 끊어진 문장 중간부터 발언을 이어간다. 말을 중단한 것에 대해 일절 변명을 하지 않는 것이다. 마치 중단한 일 자체가 없었던 것처럼, 정확히 똑같은 억양으로 연설을 계속해나간다.

"…… 여러분의 의혹을 일깨우는 일은 없을 겁니다……"

이제는 소심함을(혹은 갑자기 버거워진 지시에 대한 복종심을) 완전히 내려놓고서, 나는 연단 정중앙에 초점을 맞추도록, 목을 비틀고

턱을 들어올리면서 머리를 충분히 돌리는 데 성공한다……

당장은 무슨 상황인지 이해가 되지 않지만…… 곧 명백한 현실을 받아들일 수밖에 없다. 연사용 책상은 분명 있으나, 그 뒤에 아무도 없다! 그곳은 물론이고 현장 어디에도 진의 모습이 보이지 않는다.

언제 어디서 녹음된 것인지는 모르나, 방금 그녀의 연설을 떠들어댄 건 다름 아닌 확성기다. 기기는 거의 무례하다 싶을 만큼 책상 위에 빤히 드러나게 놓여 있다. 아까는 어떤 기계적 장애를 일으켜 잠깐 멈춰 선 것이었으리. 아니나다를까, 기술자 한 명이 전선들을 점검하는 중인데, 이제 곧 재접속되려는 모양이다……

저 싱싱하고 육감적인 목소리의 매력이 순식간에 사라지고 말다니. 물론 나머지 이어지는 녹음은 여전히 질 좋은 목소리를 들려준다. 대서양 저편의 경쾌한 노랫소리를 이어간다. 그 모든 울림, 선율, 미세한 억양까지 충실하게 재현하고 있다……

하지만 그녀가 물리적으로 현존하고 있다는 환상이 허물어진 지금, 나는 일 분 전까지만 해도 내 귀에 그토록 감미롭던 저 음악과의 모든 접점을 잃어버렸다. 속임수가 발각되면서 연설의 마법 효과가 파기되고, 그 속에 담긴 이야기는 빛을 잃어 차갑게 식어버린 거다. 녹음기의 자기테이프가 지금은 공항 안내 방송에나 어울리는 중성적 음성으로 낭독을 이어갈 뿐이다. 이제 문장을 알아듣거나 그 의미를 이해하는 일이 더이상 어렵지 않다.

얼굴 없는 목소리는 우리의 역할과 장래 직무를 설명하는 중이다. 단, 그 전체 내용을 속시원히 공개한다기보다, 대략적인 윤곽만을 제공하고 있다. 구체적인 방법들보다 추구하는 목표에 대해서 더 많은 이야기를 할애한다. 거듭 얘기하기를, 당장은 우리에게 꼭 필요한 내용만을 공개하는 이유는 오로지 효율성을 고려했기 때문이라는 거다.

말했다시피, 나는 설명의 도입부를 제대로 알아듣지 못한 상태다. 그럼에도 요점은 얼추 파악이 되는 것 같다. 지금 내 귀에 들리는 내용만으로도 어느 정도 추정할 수 있는데, 적어도 현저하게 이해 불가한 점은 없는 것 같으니 말이다(연사가 의도적으로 무언가를 조작해 넣지 않은 이상).

요컨대 이곳에 모인 나와 우리 모두는 기계주의에 대항하는 국제적 기획에 가입되어 있음을 이야기하고 있다. 실은 (사서함을 통해 약간의 서신을 주고받은 다음) 버려진 공장에서 진을 만나도록 나를 이끈 작은 신문광고가 이미 그런 사실을 추정하게끔 해주고 있었다. 다만 내가 거기 사용된 문안의 효력을 정확히 예측하지 못했을 뿐. '기계 제국주의로부터 벗어난 자유로운 삶을 위하여.'

결국 조직의 이데올로기는 상당히 단순하며, 겉에서 보기에 지나치게 단순하다. "이제 기계로부터 우리를 해방할 때입니다. 기계야말로 우리를 억압할 뿐이기 때문입니다. 인간은 기계가 자기들을 위해 일한다고 믿습니다. 그 자신들이야말로 기계를 위해 일하는 줄도 모르고 말입니다. 갈수록 기계는 우리에게 지시하고, 우리는 기계에 복종합니다.

노동이라는 것을 의미를 상실한 작은 조각들로 분할한 책임은 전적으로 기계주의에 있습니다. 공작기계의 사용은 필연적으로 모든 노동자가 아침부터 저녁까지 평생을 반복해야 할 단일 동작의 수행을 전제로 합니다. 따라서 수공업에서의 노동 분할은 자명한 현실입니다. 그런데 인간 행동의 다른 어떤 분야에서든 분할은 이제 법칙이 되어가고 있습니다.

그리하여 모든 경우에서 우리가 수행하는 노동의 요원한 결실(제조품, 서비스 또는 지적 연구)은 우리를 완전히 벗어나 존재합니다. 순전히 추상적이고 이론적인 방식을 통해서가 아니면, 노동자는 자신이 수행한 노동의 총체적 형태도 최종적 용도도 알지 못합니다. 어떤 책임도 그에게 부과되지 않는 대신, 어떤 자부심도 그의 몫으로 돌아오지 않습니다. 노동자는 거대한 생산 공정工程의 사슬에서 하나의 빈약한 고리에 지나지 않으며, 그 자체로는 아무 의미 없는 고립된 톱니이고, 개개의 부품에 세부적인 변형을 가할 뿐입니다.

세상 그 누구도, 어떤 분야에서도 이제는 하나의 완결된 결과물을 생산하지 않습니다. 인간의 의식 자체가 조각조각 파편으로 존재합니다. 그러나 명심하십시오. 기계에 의한 인간의 소외가 자본주의와 소비에트 관료정치를 낳았으되, 그 역逆은 아닙니다. 온 우주를 입자화하여 원자폭탄이 생겨난 것입니다.

그럼에도 금세기 초, 이런 상황을 유일하게 피해 가는 지배계층이 여전히 결정권을 쥐고 있습니다. 앞으로는 생각하는 기계—다시 말해 컴퓨터—가 우리에게 남은 몇 안 되는 결정권마저 탈취해버릴 것입니다. 우리는 노예들에 불과하며, 우리 자신을 파괴하는 데 이바지하고, 기계장치의 전능한 신을 섬기면서 그 위대한 영광을 위하여 일을 하는 것입니다."

대중을 의식화하기 위한 방법과 관련해서 진은 노골적이기보다는 은근하고 조심스럽다. 그녀는 '평화적 테러리즘'이라는 용어를 사용하는가 하면, 지하철이나 광장, 사무실, 공장 등의 군중 속에서 우리가 조직적으로 이행하는 '연극적' 행위를 거론한다……

그런데 이런 아름다운 말들 속에 도사린 무언가가 내게 충격을 주고 있다. 프로그램 실행 요원인 우리 자신에게 설정된 운명이 그것이다. 우리가 맡은 역할이라는 것이 프로그램이 추구하는 목표와 완벽한 모순을 이루고 있다. 그러니까, 적어도 현재까지는, 이 프로그램이 우리에게만큼은 적용되지 않았던 것이다. 오히려 저들은 우리의 자유의지를 철저히 무시해가면서 사람을 조종했다. 그리고 지금 다시 부분적인 지식만 허용된다고 못박는 것이다. 저들은 우리의 의식을 길들이길 원하거니와, 일단 앞을 보지 못하도록 하는 것에서 통제를 시작한다. 결국에는 기계가 우리에게 말하고, 우리를 설득하며, 우리를 지도하는 셈이다……

다시금 경계심이 엄습했다. 속임수로 치러지는 이 모임에 정체를 알 수 없는 어떤 비밀스러운 위험이 배회하고 있음을 나는 느낀다. 가짜 맹인들로 득실거리는 이 방은 내가 자진해서 걸려든 일종의 덫…… 큼직한 안경테의 오른쪽 가장자리 아래로 간신히 확보한 좁은 틈새를 통해, 나는 제일 가까이 서 있는 키 큰 금발머리 남자를 흘끔거린다. 제법 세련된 흰색 가죽점퍼 속에 새파란 스웨터를 받쳐 입은 사내……

그 역시 (방금 내가 알아챘는데) 맹인용 안경테를 몇 밀리미터 삐딱하게 착용해, 자기 왼쪽 방향으로 주변을 살피고 있었다. 확신컨대, 결국 두 사람의 시선이 서로 교차했는데, 저쪽 입가에 살짝 경련이 이는 걸로 봐서 그 역시 나와 같은 심정일 거라는 생각이 들었다. 나는 충분히 공감의 미소로 여겨질 만한 입가의 움직임으로 그런 내 생각을 전달했다.

그를 대동하여 왼손을 붙잡고 있는 소년은 우리의 은밀한 교신을 전혀 눈치채지 못하는 것 같다. 꼬마 장 역시 마찬가지인데, 소박한 교신이 이루어지는 위치에서 보아 아주 바깥쪽에 서 있으니 어쩔 수 없다. 그러는 동안에도 장광설은 요란하게 이어지고 있다.

"기계가 당신을 감시합니다. 그러나 기계를 더이상 두려워하지 마십시오! 기계가 당신에게 지시를 내립니다. 그러나 기계에 더이상 복종하지 마십시오! 기계가 당신의 시간을 가로채려 합니다. 그러나 당신은 기계에 더이상 시간을 양보하지 마십시오! 기계는 스스로 인간보다 우월하다고 자부합니다. 그러나 당신은 인간보다 기계를 더는 우월하게 바라보지 마십시오!"

그때 흰색 점퍼를 입은 사내가 역시 오른손에 쥔 맹인용 지팡이를 몰래 등뒤로 돌려 자기 왼쪽으로 가져가더니, 그 끄트머리를 나 있는 쪽으로 슬그머니 내민다. 쇠붙이로 된 뾰족한 끝을 가지고 그는 바닥에 복잡한 기호를 소리 없이 그리기 시작한다.

분명 이 동료는 나만큼 당돌한 친구일 텐데, 뭔가 내게 전달하려고 애쓰는 중이다. 하지만 그가 말하려는 내용을 나는 좀처럼 이해하지 못한다. 그는 나를 향해 몇 차례 되풀이해서 일련의 짧은 막대와 교차된 곡선을 표시한다. 나는 끈질기게 암호 해독에 매달리지만 허사다. 마룻바닥의 극히 일부만 시야에 들어오는데, 그것도 심히 삐딱한 각도인지라 당최 제대로 파악하기가 여의치 않다.

녹음된 목소리는 계속 떠들어댄다. "우리가 당신 형제들을 구하고자 간단한 해결책을 찾아냈으니, 이를 그들이 알게 해야 합니다. 단,

그들이 거의 의식하지 못하는 사이, 미리 알리지 말고 그들 머릿속에 자연스레 주입해야 합니다. 그리하여 그들을 새로운 전파자로 변모시키는 겁니다……"

순간, 나는 등뒤에서 갑자기 일어나는 소란을 감지한다. 다급한 발소리가 아주 가까이, 조용한 방 분위기를 흔들어대는가 싶더니 뒤통수 하단, 격렬한 충격과 더불어 심한 통증이 느껴진다……

제6장

폐기 처분된 기계들과 상잣더미 속, 시몽 르쾨르는 간밤에 과음한 사람처럼 입이 바짝 마른 상태로 깨어났다. 긴 악몽에서 빠져나오는 희미한 느낌과 더불어, 서서히 의식이 돌아오고 있었다. 곧이어 주위 환경이 눈에 들어왔다. 진을 처음 대면한 바로 그 버려진 공장이었다. 아울러 거의 동시에 머릿속에 떠오른 것은, 그곳이 미션의 출발점이었다는 사실이다.

그는 생각했다. '북부역으로 가야만 해. 당장 서둘러야지. 암스테르담발 기차가 도착하는 시간에 맞추는 것이 정말 중요하거든. 이 첫번째 과제를 올바로 완수하지 못하면 다음엔 나를 신뢰하지 않을 테고, 그럼 더이상 기회를 주지 않을 거라고……'

하지만 시몽 르쾨르는 역과 기차, 그 안에 탄 여행객을 놓치지 말아야 한다는 이 모든 사정이 왠지 시효가 지나버린 이야기처럼 막연하게 느껴진다. 미래에 벌어질 일이 이미 과거에 속해버린 느낌이랄까. 무언가 시간과 공간을 뒤죽박죽으로 만들고 있었다. 시몽은 그 안에서 자신이 처한 상황을 끝내 정의 내리지 못하고 있었다. 도대체 그에게 무슨 일이 일어난 건가? 언제? 어디서?

일단 그는 온갖 자재와 폐기 처분된 기기들, 공장 바닥에 어질러진 각종 폐품과 먼지 속에서 영문도 모른 채 나자빠져 있었다. 그런가 하면 바깥은 대낮이었다. 벌써 중천에 뜬 해는 화창한 봄날 아침에 먼지 낀 유리 창문을 밝게 비추었다. 반대로 진이 중절모와 코트를 착용하고 이 폐쇄된 장소에 나타났을 때는 어둠이 내리고 있었다……

시몽은 최근에 벌어진 장면 하나가 불현듯 머릿속에 떠올랐다. 밀랍처럼 창백한 안색과 지나치게 뻣뻣한 자세, 전혀 움직이지 않는 것으로 보아 사망한 것이 분명한 십여 살가량의 소년이 가슴에 큼직한 십자고상을 올려놓고 구리 촛대의 흔들리는 세 촛불 아래, 매트리스만 달랑 있는 철제 침대에 누워 있는 모습을 그는 선명하게 다시 보고 있었다……

또다른 이미지가 마찬가지로 빠르고 뚜렷하게 뒤를 이었다. 아까 그 소년이 지난 세기에나 유행했을 복장을 여전히 갖춰 입고 어떤 맹인의 왼손을 붙잡아 길을 안내하고 있는 것이다. 장애인의 다른 손은, 발 앞의 지면을 탐지하는 데 필요한 하얀 지팡이의 굽은 손잡이를 그러쥐고 있었다. 커다란 선글라스가 그의 얼굴 반을 가렸고, 하얀 가죽점퍼의 지퍼가 활짝 열려 안에 받쳐 입은 새파란 스웨터가 시원스레 드러났다……

갑작스러운 생각 하나가 시몽 르쾨르의 뇌리를 스치고 지나갔다. 그는 손을 가슴에 갖다댔다. 흑단 십자고상이 만져지지 않는 대신, (밤새 망자 곁을 지키면서 보았던 대로, 소년이 누운 것과 똑같은 자세로 누워 있음에도) 양가죽 점퍼와 캐시미어 스웨터 차림이 확인됐다. 실제로 오늘 저녁 면접을 위해 그 옷들을 선택한 기억이 되살아났다. 일자리를 구하는 마당에, 생각 없이 멋만 부리는 느낌의 파랗고 하얀 옷차림이 딱히 바람직해 보이지는 않았지만 말이다……

그는 속으로 중얼거린다. '아니야, 오늘 저녁 면접일 리가 없어. 오늘 저녁은 아직 오지 않았고, 면접은 이미 있었잖아. 그러니 아마 어제 저녁이었을 거야…… 같은 소년이 등장하는 두 장면으로 말하자면, 두번째가 먼저 벌어진 사건이어야만 말이 돼. 왜냐면 첫번째 장면에선 아이가 임종의 침상에 누워 있었으니까…… 근데 그 이미지들이 대체 어디서 온 거지?'

시몽은 현실의 삶에서 겪는 사건들과 마찬가지로, 그 이미지들에 대해 정녕 기억이라는 지위를 부여해야 하는지 알 수가 없었다. 혹시 잠에서 깨는 순간 우리 머릿속에 보통은 역전된 순서로 펼쳐지기 마련인 꿈속에서의 조작된 형상들이 아니었을까 싶다.

어쨌든 그의 시간표 속엔 구멍이 하나 난 상태다. 수면제라든가 그보다 더 강한 약효가 아니고서는, 그런 불편한 장소에서 시몽이 열두 시간 이상 잠을 자기는 사실상 어려웠을 것 같다……

어디서 나온지 모를 새로운 이미지가 그의 고장난 기억 속에 불쑥 솟구친다. 낡은 가로등들이 희미한 빛을 비추는 가운데 포장 상태가 불량한 골목길이 길게 직선으로 뻗어 있고, 그 양쪽으로 허물어져가는 판자벽과 창 없는 담벼락 그리고 반쯤 폐가나 다름없는 작은 집들이 늘어서는데…… 또다시 똑같은 남자아이가 그중 한 집에서 튀어나와, 대여섯 걸음 내달리더니 불그스레한 물웅덩이에 나자빠지고……

시몽 르쾨르는 힘겹게 몸을 일으켰다. 머리가 무겁고 속이 불편해, 아주 녹초가 된 상태였다. 그는 속으로 중얼거렸다. '커피를 마셔야겠어. 아스피린도 한 알 있으면 좋겠군.' 대로를 따라오면서 근처에 자리한 수많은 카페와 카페 브라스리를 본 기억이 났다. 시몽은 검은 먼지가 묻고 여기저기 구겨져 볼품없어진 흰색 바짓단을 손바닥으로 탁탁 털었다. 그런다고 정상적인 모양새를 회복하기는 당연히 어려웠다.

그는 뒤돌아 떠나려고 했는데, 다른 누군가가 몇 미터 떨어진 곳 바닥에 똑같은 자세로 누워 있는 걸 보게 되었다. 몸 전체가 드러난 건 아니었다. 큼직한 상자가 머리와 상체 윗부분을 가리고 있었다. 시몽이 조심스럽게 다가갔다. 얼굴을 확인하는 순간 소스라치게 놀랐다. 눈곱만큼도 의심할 여지 없이 그것은 진의 얼굴이었다.

젊은 여자는 통로를 가로질러 누워 있었는데, 칼날 혹은 총알로 등 뒤에 치명상을 입어 쓰러진 상태 그대로임에도 여전히 코트 단추를 꼬박꼬박 채우고 선글라스와 중절모를 반듯이 착용한 걸 보면 참으로 괴이한 일이었다. 눈에 띄는 상처는 없으나, 가슴속에서 이미 피고름이 응고되기 시작했고, 그것이 흘러넘쳐 왼쪽 어깨 주위의 시멘트 바닥을 거무튀튀하게 물들이고 있었다.

시몽이 어떤 동작을 취하기까지 오랜 시간이 흘렀다. 그는 자기가 해야 할 행동에 대해 아무 생각도 떠오르지 않고, 아무것도 이해하지 못한 채 그냥 거기 꼼짝 않고 서 있었다. 결국 그는 공포심을 극복하고 몸을 숙여, 시체의 손을 만져보기로 했다……

시체는 차갑고 뻣뻣했으며, 왠지 인체의 관절과 살이라 믿기에는 지나치게 단단하고 굳은 느낌이었다. 마지막 남은 의혹까지 걷어내기 위하여 그는, 이해할 수 없는 거부감이 아직도 붙잡고 늘어지지만, 가까스로 용기를 내어 시체의 팔다리와 가슴, 양볼과 입술까지 더듬어보는데……

모든 것이 명백하게 작위적인 만큼, 시몽은 도착 시점의 착각이 몇 시간 간격으로 재발하는 가운데, 스스로 착각하고 있음을 전적으로 납득했다. 그는 다시금 카드보드 마네킹의 현존을 체험하고 있었다. 그런데 검붉은 웅덩이가 플라스틱 재질이 아니었다. 그는 손가락 끝으로 약간 축축하고 끈적거리는 성질을 확인했다. 그럼에도 그것이 진짜 피라고는 장담할 수 없었다.

그 모두가 시몽 르쾨르에게는 부조리하게 보였다. 비록 그를 매번 따돌리고는 있지만, 모사된 현실simulacre 어딘가에 정확한 의미가 존재하리라 그는 막연히 생각하고 있었다. 살해당한 마네킹은 전날 간략한 면접에서 진이 서 있던 바로 그 장소에 누워 있었다. 연속되는 두 장면, 즉 진과의 만남과 마네킹과의 만남을 이제 와서 혼동하지 않는 이상, 그때의 면접은 1층에서 이루어졌던 걸로 시몽은 확실히 기억하지만 말이다……

또다른 수수께끼가 끼어들어 문제를 더욱 복잡하게 만들까봐, 그는 신속히 이곳을 벗어나리라 마음을 굳혔다. 몇 시간 골똘히 생각한 것만으로도 이미 수수께끼에 충분히 시달렸다. 어쨌든 생각을 하면 할수록, 자초지종을 더 알 수가 없었다.

그는 계단을 내려갔다. 1층에는 진을 모사한 복제품이 원래 있던 자리를 지키고 있었다. 양손을 코트 호주머니에 찔러넣고 희미한 미소를 밀랍 입술에 새긴 채, 상자들에 되는대로 기대선 포즈였다. 그렇다면 저 위에 있는 건 모든 점에서 이와 동일한 두번째 마네킹인 셈이다. 비웃는 듯한 옅은 미소는 더이상 제인 프랭크의 그것을 닮지 않았다. 시몽은 누군가에게 조롱당하고 있는 불쾌한 느낌을 받았을 뿐이다. 그는 어깨를 으쓱하고는 곧장 마당으로 난 유리문을 향해 걸어갔다.

…… 그가 문을 넘어서기 직전, 가짜 마네킹이 슬그머니 몸을 일으키면서 미소가 또렷해졌다. 오른손을 트렌치코트 호주머니에서 빼내 얼굴 가까이 가져가는가 싶더니, 선글라스를 천천히 벗었다…… 밝은 초록빛의 아름다운 눈동자가 드러났다……

자기 갈 길을 가면서, 그와 같은 미혹迷惑의 가능성을 상상한 건 바로 시몽 자신이었다. 다만 그는 굳이 뒤를 돌아봄으로써 그 빈약한 개연성마저 깡그리 파괴할 생각은 가지고 있지 않았다. 이번만큼은 그레뱅 박물관*의 어느 미국 여자를 본 것뿐이라는 믿음을 간직했다. 그는 마당을 가로질러 대문 밖으로 나섰다. 그리고 골목을 빠져나가, 마치 예상한 것처럼, 행인들로 북적대는 대로로 들어섰다. 그제야 시몽은 강한 안도감을 느꼈다. 끝없는 부재 상태를 지나 마침내 현실세계로 귀환하는 기분이었다.

태양의 위치를 감안하면, 정오에 가까운 시각으로 보였다. 태엽을 제때 감아놓지 않아 손목시계는 지난밤 당연히 멈추었을 것이다. 그걸

---

* 프랑스 파리 9구에 있는 유명한 밀랍인형 박물관.

시몽은 이제야 알아챘다. 자신감을 회복한 그의 발걸음은 활기찼다. 한데 그 어디에도 비스트로나 카페 브라스리는 보이지 않았다. 그가 기억하기론 대로변을 따라 수도 없이 많았는데, 아마도 카페들 위치가 좀더 먼 곳부터 시작되는 모양이었다. 마침내 시몽은 처음 시야에 나타난 카페로 들어섰다.

시몽은 곧장 그곳을 알아보았다. 버려진 공장에서 처음 밖으로 나와 블랙커피를 마신 곳이었다. 그런데 오늘은 손님이 많았다. 시몽은 빈자리를 좀처럼 찾기 어려웠다. 결국 어두운 구석자리를 하나 발견하고, 그곳에 벽을 등지고 앉았다.

전날 흰색 재킷과 검은색 바지를 입은 과묵한 종업원은 오늘 근무하지 않거나, 이제 막 나온 요리를 가지러 주방에 들어간 모양이다. 그 대신 회색 블라우스 차림의 나이든 여자가 서빙을 하고 있었다. 그녀는 새로 온 손님에게 주문을 받으러 다가왔다. 시몽은 아주 진한 블랙커피 한 잔과 보통 물 한 잔만 달라고 말했다.

여자가 하얀 커피잔과 물병, 큰 잔을 쟁반에 받쳐들고 돌아왔을 때, 시몽은 가능한 한 무심한 태도로 오늘 남자 종업원은 근무 안 하느냐고 물었다. 여자는 질문에 대해 뭔가를 생각하는 듯, 얼른 대답하지 않았다. 잠시 후, 그녀는 약간 당혹스러운 투로 말했다.

"어떤 남자 종업원 말씀하시는 건가요?"

"흰색 재킷 입은 남자요, 보통 여기서 서빙하던데."

"손님들 시중은 제가 항상 담당합니다만. 손님들이 많이 몰리는 시간에도 저 말고는 없어요."

"하지만 어제 내가 봤는데……"

"어제는 그럴 리가 없는데요. 가게 쉬는 날이었거든요."

여자는 일이 바쁜지 자리를 떴다. 목소리에 딱히 불쾌한 기색은 없었으나, 피로와 심지어 우울한 기운이 가득했다. 시몽은 주변을 유심히 둘러보았다. 혹시 비슷한 분위기의 다른 가게와 혼동한 것일까?

박봉에 시달리는 남녀 직장인, 노동자 등 바글대는 손님만 아니라면, 놀라울 정도로 어제의 그 카페와 닮아 있었다. 똑같은 유리벽이 인도와 내부 홀을 가르고 있고, 똑같은 테이블이 거의 비슷한 방식으로 배치되어 있었다. 카운터 뒤로 술병들이 똑같이 줄지어 늘어섰고, 역시 똑같은 포스터들이 그 상단을 장식하고 있었다. 그중 하나에는 샌드위치, 크로크므슈, 피자 등, 동일한 패스트푸드 메뉴가 제시되어 있었다.

'여기 피자 안 한 지가 꽤 오래되었다더니……' 시몽 르쾨르는 속으로 중얼거리다 말고 움찔했다. 어디서 그런 확신이 그리 강하게 떠오른 것인지 놀라웠다. 그는 커피를 단숨에 마셔버렸다. 분명 피자 가격까지 메뉴판에 명시되어 있으니, 그걸 주문해도 된다는 뜻이다. 시몽은 왜, 돌연, 그와 반대되는 생각을 한 걸까? 그런 생각을 하게 만들 특별한 정보가 있었던 것도 분명 아닌데.

그런데 카운터 너머 벽에 붙은 다른 게시판들을 살펴보는 동안, 보통 크기의 검은 액자에 들어 있는 인물사진 한 장이 또한 그의 주의를 끄는 것이었다. 그것은 약간 떨어진 곳, 미성년자에게 알코올성 음료를 팔지 않는다는 게시물 가까이 걸려 있었다. 그 자신도 설명이 잘 되지 않는 호기심에 사로잡혀, 시몽 르쾨르는 화장실에 간다는 핑계로 자리에서 일어나 슬그머니 그 앞을 지나갔다. 그리고 우연을 가장해

액자 앞에 멈춰 서서, 좀더 자세히 들여다보았다.

삼십대 나이의 어느 남자 사진이었다. 맑지만 다소 불안해 보이는 눈빛에 해군 장교, 보다 정확하게는 부사관 제복 차림이었다. 그 얼굴이 시몽에게 무언가를 떠올리게 하는데…… 불현듯, 이유를 알 것 같았다. 전날 그에게 서빙하던 바로 그 종업원의 사진이었던 것이다.

축성받은 회양목 가지 하나가 검은색 액자틀에 끼워져, 오른쪽 모서리로 비어져 나와 있었다. 해를 거듭하면서 바짝 말라비틀어진 줄기는 먼지가 잔뜩 들러붙고 이파리가 반쯤 떨어져나간 상태였다. 사진 하단, 누렇게 색이 바랜 여백에는 왼손잡이가 쓴 것이 분명한 글씨체로 다음과 같은 헌사가 적혀 있었다. '마리와 장에게, 사랑하는 아빠가.'

"제복에 관심 있으세요?" 여자 종업원이 말했다.

시몽은 그녀가 다가오는 소릴 듣지 못했다. 회색 블라우스 차림의 여자는 카운터 뒤에서 유리잔들을 닦고 있었다. 그녀가 말을 이었다.
"지금 보고 계신 사람이 저희 아빠예요. 러시아인이죠."

아직 그 점을 알아채지 못한 시몽이 다시 자세히 보니 과연 프랑스 해군복은 아니었다. 하지만 군모를 쓰고 있지 않아서 단번에 차이점이 눈에 들어오지는 않았다. 무슨 말이든 하기 위해, 그는 어리석게도 사진 속 해군이 바다에서 죽었는지 물었다.

"해상에서 사망하셨어요." 여자가 즉시 정정했다.

"당신 이름은 마리고요?"

"물론이죠!" 어깨를 으쓱하며 그녀가 대답했다.

그는 악취나는 화장실이 위치한 지하실로 내려갔다. 크림색으로 도색된 벽들은 단골들에게 각자의 정치적 견해와 사업상 약속 그리고 성적 환상의 낙서판 역할을 해주고 있었다. 시몽은 그 메시지 중 하나가 어쩌면 자신을 향하고 있을지도 모른다는 생각이 들었다. 예컨대, 사방에다 빨간 색연필로 집요하게 휘갈긴 전화번호 765-43-21. 어쨌든 외우기 쉬운 숫자가 아닌가.

자리로 돌아와 앉으려는 찰나, 등받이 바로 뒤 벽에 있는 인조人造 장식 패널의 요철 문양이 그의 시선을 붙잡았다. 그곳 모퉁이에 맹인들이 사용하는 하얀 지팡이가 기대서 있었다. 실내에 들어섰을 땐 조명 상태가 좋지 않아 그쪽 벽면으로는 눈길이 가지 않았었다. 아마 벌써부터 지팡이는 그 자리를 차지하고 있었을 것이다. 시몽 르쾨르는 자리에 다시 앉았다. 우울한 표정의 여종업원이 근처를 지날 때, 그가 신호를 보냈다.

"여기요, 피자 하나 주세요."

회색 블라우스를 입은 여종업원이 대답했다. "몇 달 전부터 피자는 더이상 안 만들어요. 위생과에서 판매를 금지시켰답니다."

시몽은 물 한 잔을 다 비운 다음 커피값을 계산했다. 출입문을 향해 걸어가다 말고 문득 생각나는 것이 있었다. 낮은 목소리로 그가 중얼거렸다. "아이고, 지팡이를 깜빡했네." 다른 손님의 물건이라고 보기에는 딱히 근접한 테이블이 주변에 없었다. 시몽은 얼른 발걸음을 돌렸고, 지체 없이 하얀 지팡이를 낚아채 왼팔 겨드랑이에 끼우고는, 사람들로 북적대는 홀을 태연하게 가로질렀다. 그가 밖으로 사라지는 것에 어느 누구도 신경쓰는 것 같지 않았다.

카페 출입문 앞에는 한 노점상이 가짜 거북등딱지로 만든 빗과 조악한 싸구려 물건들을 인도에 늘어놓고 있었다. 값이 터무니없이 비싸게 느껴졌지만, 시몽 르쾨르는 안경알이 아주 크고 색이 짙은 선글라스를 하나 구입했다. 칼집에 넣은 모양의 두툼한 안경테가 그에게 잘 어울렸다. 봄날 화창한 햇살이 마냥 부담스러운 그는, 현저하게 열려 있는 측면 틈새로 햇살이 파고드는 것조차 싫었다. 그는 즉시 선글라스를 착용했다. 그에게는 더없이 안성맞춤이었다.

이유는 모르지만—아마도 그냥 장난삼아—시몽은 선글라스 속에서 눈을 감고, 쇠를 댄 지팡이 끝으로 발 앞의 쇄석도로를 더듬어 걷기 시작했다. 그렇게 함으로써 일종의 안도감을 느끼고 있었다.

기억 속에 주변 장소의 구도가 아직 그대로인 만큼, 시몽은 큰 어려움 없이 앞으로 나아갈 수 있었다. 물론 갈수록 속도는 줄었지만 말이다. 이십여 걸음을 뗐을 때, 그는 자기 주변 장애물들에 대해 더는 어떤 감感도 가질 수가 없었다. 완전히 길 잃은 기분으로 그 자리에 멈춰 섰다. 하지만 눈을 뜨지는 않았다. 맹인으로서의 신분이 감히 어느 누구도 그의 몸을 함부로 스치지 못하게끔 만들어주고 있었다.

"아저씨, 제가 좀 도와드릴까요?"

그렇게 말을 건넨 건 어린 소년이었다. 확실히 변성기에 접어든 목소리인지라, 시몽은 소년의 나이를 별 어려움 없이 어림잡을 수 있었다. 선명하게 파악 가능한 소리의 근원이 아이의 신장 또한 가짜 장애인을 놀라게 할 만큼 정확하게 드러내주었다.

"그래, 그래주면 정말 고맙지."

시몽의 대답에 소년은 그의 왼손을 부드럽게 꽉 쥐었다.

"잠깐 기다리세요. 파란 불입니다. 도로에 차가 빨리 달리고 있어요."

소년의 말을 듣고, 시몽은 방금 인도 가장자리에 멈춰 선 것으로 판단했다. 그렇다면 몇 미터 만에, 처음 설정한 방향에서 많이 벗어난 셈이었다. 그럼에도 실험은 여전히 그의 호기심을 끌었고, 그를 매혹하기까지 했다. 극복할 수 없는 불가능이 사태를 종료시킬 때까지 그는 실험을 밀고 나가길 원했다.

그는 도로로 한발 내딛기 위해, 낙차가 시작되는 인도 가장자리 화강암 모서리를 지팡이의 철제 끄트머리로 더듬어 어렵지 않게 탐지해냈고, 그곳을 넘어 무사히 내려섰다. 이처럼 바보 같은 고집은 그 자신이 생각해도 놀라웠다. 자동차들이 보행자들에게 통로를 열어주어 소년이 손 붙잡고 앞으로 나서는 가운데, 그는 씩 웃으며 속으로 중얼거렸다. '아무래도 내게 빌어먹을 오이디푸스 콤플렉스가 있나봐.' 그러나 곧이어 이런 생각에 쫓겨, 미소가 사라졌다.

'웃으면 안 돼. 앞을 못 본다는 건 슬픈 일이야.' ……

하얀 주름치마를 입고 큼직한 리본으로 허리를 졸라맨 소녀의 어렴풋한 이미지가 무어라 말할 수 없는 기억 속에서 한동안 흔들리더니, 눈꺼풀 너머로 점차 선명해지는데……

……

그녀는 네모진 문틀 안에 움직이지 않고 서 있다. 주변 환경은 너무 어두워서 사실상 아무것도 식별할 수가 없다. 어스름한 음영 가운데 하얀 망사 천 드레스와 금발머리, 창백한 얼굴빛만 오롯이 떠오를 뿐이다. 소녀는 노란 광택이 눈부신 커다란 구리 삼지촛대를 두 손으로 받쳐들고 있다. 한데 정작 초 세 개엔 불이 꺼져 있다.

……

또다시 이 모든 이미지가 어디서 오는 건지 나는 자문해본다. 촛대는 내 기억 속에 나타난 적이 있다. 그땐 임종의 침상에 누운 소년의 머리맡 의자에 불이 켜진 채 놓여 있었는데……

그러나 지금 우리는 도로 반대편에서 오는 길이고, 나는 안내자가 나를 버리고 갈까봐 걱정하는 처지다. 스스로 맹인 역할을 하는 데 아직은 충분히 익숙지 않은 터라, 몇 분쯤은 추가로 시간을 내서 같이 걸어주었으면 하는 마음이다. 시간을 벌기 위해 내가 묻는다.

"이름이 뭐니?"

"제 이름은 장이에요."

"이 동네 사니?"

"아뇨, 14구에 살아요."

그런데 지금 우리는 파리의 반대편 끝에 있다. 이 아이가 지금 이곳에 있게 된 사정을 설명할 만한 수많은 이유가 존재할 수 있음에도 불구하고, 나는 자기 집에서 그토록 멀리 떨어진 길거리를 아이가 쏘다니고 있다는 사실이 놀랍기만 하다. 이 문제에 관해 질문을 던지려는 찰나, 나는 그런 내 섣부른 간섭이 그에게 이상하게 비쳐, 공연한 경계심만 갖게 만들고, 급기야 내게서 도망치게 만들지 않을까 더럭 겁이 난다……

"베르생제토릭스가街." 소년이 콕 집어서 말한다. 억양 또한 고음에서 갑자기 저음으로 뚝 떨어진다.

갈리아 족장 이름에 나는 깜짝 놀란다. 이쪽 대로에 베르생제토릭스라는 거리가 있는 줄은 알지만, 파리의 다른 지역에 또다른 그곳이 있다고는 생각하지 않는다. 한 도시의 서로 다른 두 거리에 같은 이름을 붙이다니, 있을 수 없는 일이다. 프랑스 역사에 두 베르생제토릭스가 존재하지 않는 이상은 말이다. 나는 동행자에게 나의 그런 의견을 전달한다.

그는 주저 없이 대답한다. "그야 당연하죠. 베르생제토릭스는 딱 한 사람뿐이고, 파리의 베르생제토릭스 거리도 딱 하나뿐이죠. 바로 14구에 있는 거리요."

그렇다면 내가 다른 이름의 거리와 혼동하고 있는 건가?…… 하긴 우리가 완전히 잘못된 일들을 철석같이 믿고 지내는 경우는 허다하다. 엉뚱한 곳에서 굴러든 기억의 조각이 수미일관한 사건의 내부로 틈입한다든지, 우리가 이질적인 반쪽 두 개를 무의식중에 결합하거나 또는 인과율을 지탱하는 요소들의 순서를 전치시키는 것만으로도, 가공의 사물들이 감쪽같은 현실의 모양새를 취하며 머릿속에서 스스로를 구성하기에 충분한 것이니……

아이가 내 질문들에 질릴까봐, 일단 나는 이 모든 지형학적 문제의 해결을 뒤로 미룬다. 소년은 내 손을 놓았고, 나는 그가 안내자 노릇을 더 오래 해줄 생각이 있는지 의심스럽다. 아마도 부모님이 점심식사를 함께하기 위해 그를 기다리는 모양이다.

그가 아주 한참 동안(내가 의식할 만큼 한참 동안) 아무 말도 하지 않았기에 나는 그가 이미 내 곁을 떠난 건 아닌지, 이제부터는 고맙기 그지없는 도움 없이 혼자서 길을 가야만 하는 건 아닌지, 잠시 두렵기까지 하다. 그러던 중, 억양은 좀 이상하지만 사람을 안심시키려는 그의 목소리가 들리는 터라, 순간 나는 당황한 기색을 보일 수밖에 없다.

"혼자서 걷는 습관이 몸에 배지 않으신 것 같군요. 좀더 같이 있기를 원하세요? 어디로 가시게요?"

그의 질문이 나를 당혹스럽게 한다. 나는 이 즉석 안내자가 그런 나의 기분을 눈치채는 상황을 피해야 한다. 내가 어디로 가는지 나 자신도 모른다는 사실을 그가 알지 못하도록, 나는 아무 생각 없이 자신 있게 대답한다.

"북부역."

"그럼 길을 건너지 말았어야죠. 거긴 대로 맞은편이라고요."

당연히 그의 말이 맞다. 나는 여전히 서둘러 머릿속에 떠오르는 말 한마디로 모든 해명을 대신한다.

"난 또 이쪽 인도가 덜 붐빈다고 생각했지."

"그건 그래요. 그래도 어쨌든 지금 당장 오른쪽으로 방향을 전환해야 해요. 기차 타실 건가요?"

"아니, 친구 마중나가는 거야."

"어디서 오는데요?"

"암스테르담에서."

"몇시 도착이죠?"

거기서 나는 또다시 위험지대에 무작정 발을 내디딘 것이다. 제발 오후 일찍 도착하는 기차가 있기를! 다행히 이 아이가 기차시간표를 꿰고 있을 것 같지는 않다.

"정확한 시간은 기억나지 않지만, 내가 무척 일찍 나선 것만은 확실해."

내 말에 소년이 이렇게 대답한다. "암스테르담발 특급열차가 열두시 삼십사분에 도착해요. 우리가 지름길로 가면 제때 역에 당도할 수 있습니다. 가요. 서둘러야 해요."

제7장

"골목길로 가죠. 그쪽이 더 빠를 거예요. 하지만 발을 디딜 때 조심해야 합니다. 포장 상태가 워낙 들쑥날쑥하거든요. 대신 차도 없고 행인도 없을 거예요."

소년의 말에 내가 대답한다.

"그래, 조심할게."

"어긋난 포석 위로 제가 최대한 잘 안내할게요. 특별히 힘든 지점이 나타나면, 제가 손을 더 꼭 붙잡을 테니…… 자, 여기예요. 오른쪽으로 꺾어야 합니다."

당연히 이쯤에서 내가 눈을 뜨는 게 훨씬 나을 것이다. 그게 더 신중한 태도이자, 어쨌든 더 편했을 테니까. 하지만 나는 가능한 한 오래 맹인 행세를 하며 걷기로 작정했다. 이런 걸 두고 소위 어리석은 도박이라 하는 거겠지. 요컨대 나는 어린아이처럼, 혹은 얼빠진 사람처럼 나로선 영 익숙지 않은 처신을 하는 셈인데……

뿐만 아니라 내가 자진해서 뛰어든, 의심할 여지 없이 스스로 즐기고 있는 이 암흑 상태야말로 깨어난 이후 그 속에서 줄곧 내가 발버둥쳐온 정신적 불확실성에 더없이 어울리는 것 같았다. 나의 의도적인 실명은 바로 그 정신적 불확실성의 은유이거나, 객관적 이미지 또는 중복이라 하겠는데……

소년은 내 왼쪽 팔을 힘차게 끌어당기고 있다. 그는 경쾌하면서 단호한 걸음걸이로 성큼성큼 나아가는데, 나로선 그 리듬을 따라가기가 여간 고생스럽지 않다. 웬만하면 나도 몸을 던져, 뭔가 더 위험을 감수해야 할 테지만, 감히 그러지 못한다. 이 또한 아주 놀라운 일이 되겠으나, 난데없는 심연에 맞닥뜨릴까 두려운 사람처럼, 나는 지팡이 끝으로 내 앞의 지면을 더듬을 뿐이다……

소년이 말한다. "좀더 빨리 걷지 않으면 기차 도착 시간에 맞추기 어려울 거예요. 그럼 친구를 놓칠 테고, 역 전체를 돌아다니며 친구를 찾아야 할 겁니다."

내가 도착할 시간은 사실 아무래도 상관없다. 당연한 일이다. 그럼에도 나는 믿음을 갖고 나의 안내자를 열심히 따라간다. 나는 내가 알지 못하는 어떤 것, 북부역과 암스테르담발 기차와는 전혀 무관할 수도 있는 중요한 뭔가를 향해 그가 나를 이끌어가고 있다는 기이한 느낌에 사로잡혀 있다.

필시 그런 알 수 없는 생각에 떠밀려, 놀랄 일들 천지인 이 영역에 나는 점점 더 과감한 발길을, 갈수록 익숙하게 내딛고 있다. 머잖아 내 기분은 지극히 편안하다. 새로운 원소와 어우러져 헤엄이라도 치는 것 같다……

자율적인 방식이랄까, 내 다리가 거의 제멋대로, 이토록 수월하게 작동하리라고는 생각해본 적이 없다. 이제는 소년과도 상관없는 어떤 힘에 이끌려, 그 어느 때보다 훨씬 빨리 가고 싶어하는 것 같았다. 소년이 요구만 한다면, 달리기라도 할 참이었다……

그런데 별안간 발이 걸려 넘어지는 쪽은 소년이다. 내가 붙들어줄 틈조차 없이 손을 놓치면서, 바로 앞에 털썩 엎어지는 소리가 요란하다. 자칫 내가 몸이 먼저 나가 그와 함께 넘어지기라도 했으면, 사뮈엘 베케트의 인물들처럼 암흑 속을 함께 뒹굴었을지 모른다. 나는 그 이미지를 떠올리며 웃음을 터뜨리되, 자세를 얼른 바로 한다.

나의 안내자인 그는 낭패를 겪어서인지 웃지 않는다. 입도 뻥끗하지 않는다. 움직이는 소리도 더는 나지 않는다. 예기치 못한 불상사로 인해 다치기라도 한 건가? 넘어지다가 돌출한 포석에 머리를 박아, 뇌에 심한 충격이라도 입은 걸까?

나는 그의 이름을 불러, 많이 아픈지 묻는다. 그런데 대답이 없다. 갑자기 엄청난 적막감이 자리잡고, 나는 진지하게 걱정하기 시작한다. 아주 조심스럽게, 나는 지팡이의 쇠로 된 끄트머리로 돌부리를 더듬어본다……

소년의 몸이 길을 가로질러 뻗어 있다. 꼼짝도 하지 않는 것 같다. 나는 무릎을 꿇고 그를 향해 몸을 숙인다. 지팡이를 내려놓고, 두 손으로 그의 옷 위를 더듬어본다. 손끝에 아무 반응도 없다. 뭔가 끈적끈적한 액체가 감지되지만 어떤 성분인지 판단이 서지 않는다.

이번에는 정말로 겁이 난다. 나는 눈을 뜬다. 선글라스를 벗는다…… 이젠 낯설기만 한 대낮의 햇빛에 눈이 부셔 정신이 없다. 하얀 광택지에 서서히 윤곽이 나타나는 폴라로이드 사진처럼, 잠시 후 주변 배경이 자리를 잡으면서 선명해지고 구체성을 갖추는데…… 이는 불안을 가중하면서 되풀이되는 꿈의 배경과도 같아, 그 질곡에서 나는 결코 빠져나올 수가 없을 것이다……

눈앞에 길게 뻗은 황량한 거리는 내게 무언가를 환기시키되, 정작 그 출처는 알 길이 없다. 단지 최근에 한 번이나 어쩌면 여러 번도 가 본 적이 있었을 어떤 장소일 거라는 느낌이 들 뿐이다……

고독한 분위기가 감도는, 직선으로 뻗은 좁고 텅 빈 골목길은 끝이 보이지 않는다. 마치 인간에 의해 격리되고 버려져, 시간으로부터도 영영 잊혀버린 세계 같다. 길 양쪽으로 정체불명의 낮은 건물들이 여기저기 허물어진 상태로 줄지어 있다. 문짝이 죄다 떨어져나간 누옥, 폐허나 다름없는 공장들, 창문 하나 없는 담벼락, 무너져가는 판자벽들……

옛날 방식으로 투박하게 포장한—한 백년은 사람이 다니지 않았을—길바닥에, 지난 세기 민중의 자식들이 입었을 것처럼 품이 넉넉하고 허리를 잘록하게 졸라맨 회색 겉옷 차림의 열두어 살쯤 되는 사내아이가 의식을 잃은 듯 엎드린 채 널브러져 있는 것이니……

이 모두가 전에 최소 한 번쯤은 일어났을 법한 일이다. 이례적이긴 하나, 지금 내가 맞닥뜨린 상황은 나 자신이 같은 역할로서 그 자초지종을 모두 경험한, 정확히 동일한 그전의 어떤 사건을 재현한 것일 터…… 하지만 대체 언제? 어디서였던가?

점진적으로 기억이 희미해지고…… 가까이 다가가려 할수록, 기억은 내게서 점점 더 멀어져…… 마지막 불빛, 조금만 더…… 그러나 아무것도 없다. 결국 짧은 환상에 불과할 터. 많은 이들처럼 내게도 빈번한, 덧없이 생생한 그 느낌을 나는 잘 안다. 이른바 미래의 기억이라 부르는 현상.

요컨대, 순간기억이라는 것인지도 모른다. 우리는 자신에게 일어나는 일이 전에 이미 일어났다고 믿는다. 마치 현재가 둘로 늘어나듯이, 똑같은 둘로 쪼개진다고 생각하는 거다. 직접적 현실, 나아가 현실의 환상…… 하지만 환상은 곧 가물가물해지고…… 우린 그것을 붙들고 싶어한다…… 그것은 반투명의 나비나 춤추는 도깨비불로 우리를 노리개 삼아 시선을 좇아 오가고…… 십여 초 뒤에는 모든 것이 훌쩍 사라져버린다.

다친 아이의 처지에 관해서는 적어도 한 가지는 마음이 놓인다. 회색 겉옷 가까이 흙을 만지면서 손끝에 묻어난 끈적끈적한 액체는, 색과 질감에도 불구하고 피가 아닌 것이다.

한마디로 녹가루가 섞인 불그스레한 진창 자국에 불과하며, 지난번에 비가 온 뒤로 줄곧 그곳 포도에 괴어 있던 물웅덩이 중 하나다. 아이는 남루하면서도 깔끔한 옷차림으로, 다행스럽게도 진창 가장자리에 정확히 엎어졌다. 급하게 달려드는 나로 하여금 그곳을 피하게 하려다가 그만 자기가 균형을 잃고 넘어진 것이었다. 부디 넘어진 결과가 너무 심각하지 않기를 바란다.

그래도 나로서는 긴급하게 신경을 써야 할 것이다. 설사 어디 다친 데가 없어도, 실신했다는 사실 자체는 심각한 부상을 우려하도록 만들

만하다. 아무튼 그 가녀린 몸을 모성애적인 마음으로 살펴보는데, 이마에도 턱에도 상처가 전혀 없다.

얼굴 전체가 말짱하다. 눈은 감은 상태다. 소년은 마치 자고 있는 것 같다. 맥박과 호흡이 아주 약하긴 하나 정상이다. 어쨌든 나로선 뭔가 조치를 취해야 한다. 이 외진 곳으로 누군가 날 도우러 오진 않을 것이다.

우리를 둘러싼 건물들 속에 사람이 산다면, 당장 달려가 도움을 청했을 것이다. 그 집으로 아이를 데려가면 자애심 많은 여인네들이 침상을 제공해줄 것이고, 우린 경찰이나 동네 의사에게 신고하여 즉시 조치를 취해달라 요청할 수 있을 것이다.

하지만 사방이 휑하게 뚫린 저런 누옥들에 사는 사람이 과연 있을까? 만약 그렇다면 정말 놀랄 일일 터. 내가 침대나 전화를 좀 쓰자고 하면, 아마 어처구니없다며 비웃기나 할 부랑자들이 살고 있을지는 모르겠다. 만에 하나 수상쩍은 주거자들을 귀찮게 하는 경우라면, 그보다 훨씬 더 악의적인 반응을 각오해야 할 수도 있겠고.

바로 그때, 내 오른편으로 2층짜리 작은 건물이 눈에 들어온다. 다른 옆 건물들과 비교해 판이하게 양호하고, 특히 창문들이 창살과 함께 온전한 상태로 유지되고 있는 점이 눈에 띈다. 그곳 출입문이 살짝 열려 있는데…… 바로 그곳으로 나의 첫 방문 시도를 감행해볼 작정이다. 부상자를 안치하는 바로 그 순간, 나는 마음을 놓게 될 것이다.

그런데 무어라 설명할 순 없지만, 이미 어떤 식으로 일이 진행될지를 나는 알고 있는 기분이다. 반쯤 벌어진 문짝을 발로 밀어 열면서, 나는 축 늘어진 아이를 조심스레 안아 낯선 건물로 들어갈 것이다. 내부는 온통 어둡고 적막할 것이다. 다만 2층에서 푸르스름한 빛이 희미하게 새어나오고 있을 것이다. 나는 좁고 가파른 나무 계단을 천천히 오를 것이고, 그로부터 삐걱거리는 소리가 적막을 깨울 것이다……

그래, 나는 알고 있다. 기억하고 있다…… 저 집의 모든 것이 착각을 일으킬 만큼 정확하게 기억난다. 이미 일어났을 그 모든 사건들, 죄다 경험했을 자초지종, 나 자신 적극적인 역할을 담당했을 일들이 모두 생각나는데…… 하지만 그게 언제였는가?

계단을 다 오르자 반쯤 열린 문이 하나 있었다. 눈부신 금발에 훤칠하고 날씬한 소녀가, 마치 누군가 도착하기를 기다린 것처럼 문 앞에서 있었다. 그녀는 하얀 드레스를 입고 있는데, 안개처럼 가볍고 투명한 천 자락이 불가해한 미풍에 하늘거리면서, 어디로부터 새어나오는지 모를 푸르스름한 미광을 붙들고 있었다.

무어라 정의할 수 없을 아주 은은하고 아득하며 또한 싱싱한 미소가 창백한 입술을 살짝 벌어지게 하고 있었다. 초록빛 커다란 눈망울은 어스름한 빛을 머금기 위해 활짝 열려, '마치 다른 세계에서 온 소녀의 눈동자처럼' 묘한 광채를 발한다고 시몽 르쾨르는 처음 그녀를 본 순간 생각했다.

그렇게 그는 실신한 소녀를('장미 한아름을 선물로 건네는 것 같다'고 그는 생각했다) 품에 안은 채, 문 앞에 부동자세로 서 있었다. 그 자신 넋을 잃은 듯, 특히 조금이라도 바람이 심하게 불어(하지만 방안의 어떤 사물도 바람에 노출된 것 같지는 않은데) '마치 재를 감싼 불꽃처럼' 그녀를 에워싼 베일을 날려버린다면 언제라도 연기처럼 사라져버리지 않을까 걱정하면서 그 경이로운 환영幻影을 들여다보는 것이었다.

분명 한참이 지나고 나서도(그러나 확실한 방법으로는 측정 불가능한 시간이 지난 이후) 시몽은 이 특별한 상황에 어울릴 만한 문장을 머릿속에서 도무지 생각해낼 수가 없었고, 결국에는 궁여지책으로 이런 간단하고 초라한 말을 뱉어냈다.

"아이가 다쳤어요."

"네, 알아요." 시몽의 말이 자기에게 닿기 위해 광활한 공간을 지나오기라도 한 것처럼, 소녀는 잔뜩 뜸을 들이고서야 대답했다. 그러고는 또 입을 다물더니 이렇게 덧붙였다. "안녕하세요. 내 이름은 진입니다."

그녀의 음성은 눈빛과 마찬가지로 그윽하고 아득하며 아름답지만 붙잡을 수가 없었다.

"당신, 혹시 엘프*예요?" 시몽이 물었다.

"엘프든, 정령이든, 소녀든, 좋으실 대로."

"내 이름은 시몽 르쾨르입니다."

시몽의 말에 미지의 소녀가 대답했다.

"네, 알아요."

세이렌이나 요정이 노래를 부르고 있는 게 아니라면, 그녀의 말에 섞인 약간의 외국어 느낌은 아마도 영어식 억양에서 오는 게 아닐까 싶었다. 마지막 몇 마디 단어에 이르러서는 알게 모르게 미소에 힘이 들어가기도 했다. 어쩌면 시간적으로 아주 멀리 떨어진, 전혀 다른 곳

* 스칸디나비아신화에 등장하는 공기의 요정.

에서 이야기하는 것 같았고, 이미 모든 일이 일어난 미래의 세계에 사는 것처럼 보였다.

그녀는 문을 활짝 열어, 시몽으로 하여금 아무 어려움 없이 들어올 수 있게 했다. 또한 맨살이 드러난 팔(나팔처럼 벌어진 풍성한 소매 밖으로 길게 내미는 팔)을 우아하게 뻗어 고풍스럽게 생긴 구리 침대를 손으로 가리켰다. 침대머리가 향한 안쪽 벽엔 흑단 십자고상이 걸려 있고, 그 양쪽으로는 번쩍거리는 대형 황동 촛대가 많은 양초를 거느리고 있었다. 진은 그 초의 심지에 하나하나 천천히 불을 붙이기 시작했다.

"분위기가 임종의 침상 같군요." 시몽이 말했다.

"모든 침대가 언젠가는 임종의 침상이지 않겠어요?" 들릴 듯 말 듯 작은 소리로 소녀가 중얼거렸다. 그러고는 난데없이 모성적인 톤이 두드러진, 훨씬 확고한 말투로 단언하는 것이었다. "이런 새하얀 시트 위에 당신이 장을 누이기만 한다면, 그애는 꿈 없는 깊은 잠에 곧장 빠져들겠지요."

"이 아이 이름이 장인 걸 알고 있군요?"

"달리 무슨 이름이겠어요? 어떤 별난 이름이라도 가지길 바랐나보죠? 남자아이들 이름은 그저 장이면 충분합니다. 여자아이는 모조리 마리고요. 이곳에 살다보면 당신도 그 정도는 알게 될 거예요."

시몽은 그녀가 '이곳'이란 말을 어떤 의미로 했는지 궁금했다. 이 괴이한 건물을 지칭한 말일까? 아니면 저 황량한 거리 전체를 의미하는 말일까? 그렇지 않으면 또다른 무엇인가? 시몽은 여전히 의식이 없는 아이를 임종의 침상에 아주 부드러이 내려놓았고, 진은 숨을 거둔 사람에게 하듯 가슴 한복판으로 아이의 두 손을 끌어모았다.

소년은 저항하거나 여하한 반응도 보이지 않고 그냥 몸을 내맡기고 있었다. 두 눈을 크게 뜬 상태였지만, 동공은 고정되어 있었다. 춤추는 촛불이 그 위로 뿌려대는 불빛은 소년의 두 눈동자에 열광적이고 초자연적이며 불안정한 생명력을 부여하고 있었다.

이제 진은 침대 옆에 붙어선 채로 꼼짝도 하지 않고 그 모든 걸 차분히 지켜보고 있었다. 거의 비물질적이리만치 희부연 드레스 차림으로 인해, 마치 그녀는 고통받는 마음의 안식을 관장하는 대천사처럼 비쳤다.

소녀에게 새로운 질문을 던지기 위하여, 시몽은 방을 내리누르는 숨막힐 듯한 적막을 뚫고 무던히도 애써야만 했다.

"애 어디가 잘못된 건지 말해줄 수 있나요?"

소녀가 답했다. "기억의 극심한 교란은 부분적인 의식상실을 유발하고, 결국 완전한 사망에 이르도록 할 수 있어요. 이제 이 아이는 충분히 쉬어야 합니다. 그러지 않으면 혹사당한 뇌가 지나치게 빨리 소진되어, 신체 나이가 성년에 이르기도 전에 신경세포들이 죽어버릴 거예요."

"교란이라니, 정확히 어떤 교란을 말합니까?"

"아직 일어나지 않은 일을 비범한 정확도를 가지고 되살려내죠. 내일 자기에게 일어날 일이랄지, 심지어 내년에 자기가 할 행동까지 지금 기억해낸다는 겁니다. 그러니까 여기 있는 당신은 그가 병든 기억으로 환기해낸 인물에 불과한 거죠. 이제 그가 깨어나면 당신은 그 즉시, 실제로는 아직 들어와본 적도 없는 이 방에서 사라지고 마는 거예요……"

"그리고 나중에 이곳에 오는 거로군요?"

"그렇죠. 바로 그렇게 되는 겁니다."

"그게 언제쯤이죠?"

"정확한 날짜는 나도 몰라요. 당신은 다음주 중반 정도 처음으로 이 집에 당도할 겁니다……"

"그럼 진, 당신은 그가 깨어나면 어떻게 되는 겁니까?"

"그가 깨어나는 동시에 나 역시 여기서 사라지는 거죠. 우리는 둘 다 동시에 사라질 거예요."

"그럼 우린 어디로 가는 건가요? 둘이 같이 있게 됩니까?"

"아뇨. 그러면 시간법칙을 어기는 일이 돼요. 잘 생각해보세요. 당신은 지금 이 순간, 현존하는 실재 속에서 있어야 할 곳으로 가는 겁니다……"

"'현존하는 실재'라니, 그게 무슨 뜻이죠?"

"지금 여기 있는 것은 미래의 당신 자신이며, 일종의 '에러'예요. '현존하는 실재' 속의 당신 자신은 아마도 수킬로미터 떨어진 곳에서 전자기계 만능주의에 반대하는 환경보호 집회랄지 그와 비슷한 성격의 행사에 참석하는 중일 겁니다."

"당신은?"

"나는 아쉽지만 이미 죽었답니다. 거의 삼 년이 다 되어가네요. 그래서 아무데도 못 갑니다. 우리가 우연히 이 건물 안에 함께 있는 건, 오로지 장의 고장난 뇌 때문이에요. 나는 장의 과거에 속하는 반면, 시몽 당신은 미래의 장이 살아야 할 시간에 속해요. 이제 이해하겠어요?"

그러나 시몽 르쾨르는—순전히 추상적인 방식이 아니고선—이 모든 이야기가 무엇을 의미하는지, 이를테면 물리적으로는, 결코 이해할 수가 없었다. 누군가의 꿈에 불과한 것인지를 체감하기 위해 그는 자기 귀를 세게 꼬집어보기로 했다. 아주 현실적이고 정상적인 통증이 느껴졌다. 그렇담 대체 무엇이 증명된 것인가?

그는 시간과 공간의 혼란이 이성을 몰아넣은 현기증에 대항하여 싸워야 했다. 파리하고 몽환적인 이 소녀는 아마도 온전한 정신상태가 아니리라…… 시몽 르쾨르는 눈을 들어 그녀를 바라보았다. 진은 웃음을 지으며 그를 보고 있었다.

"꿈꾸고 있는 건 아닌지 알고 싶어 귀를 꼬집다니요. 당신은 지금 꿈꾸는 게 아닙니다. 꿈은 아까 꾸었어요. 그건 아주 다른 의미입니다. 나도 비록 죽은 몸이지만, 아직 내 안에서 고통이나 쾌감을 느낄 수 있어요. 이 감수성 예민한 아이는 내가 체험한 그런 고통과 즐거움을 기억해내고는, 시간이 흘러도 거의 무뎌지지 않는 새로운 생명력을 되돌려주고 있는 겁니다."

시몽은 모순되는 감정들로 부글부글 끓고 있었다. 한편으로는 이 기묘한 소녀에게 매료되어, 내색하진 않았으나 이 소녀가 눈앞에서 사라질까 걱정하고 있었다. 설사 그녀가 어둠의 왕국에서 온 존재라 해도 함께 있고 싶은 마음이 들 정도였다. 그런가 하면 이 모든 터무니없는 일들이 짜증스럽게 느껴지기도 했다. 그저 자기를 놀리느라 황당무계한 이야기를 꾸며대는 것 아닌가 싶었다.

그는 차분하게 생각을 정리해보았다. (당장 체험하고 있는) 지금 이 장면은 현재 방에 있는 사람들이 좀더 시간이 지난 뒤, 이를테면 다음

주쯤, 실제로 거기 모이는 일이 가능해야만 훗날 그가 체험할 한 장면이—또는 훗날 소년이 체험할 한 장면이—될 수 있을 터였다. 그러나 소녀가 이 년 일찍 죽었으니, 정상적인 조건에서라면 그런 일은 불가능해진 것이다.

시간의 착오라는 마찬가지 이유로, 지금 이곳에서 전개되는 장면은 과거 진이 살아온 삶에서 실제로 벌어졌을 리 없다. 그녀가 살아 있을 때 둘은 만난 적이 없으므로……

문득 한 가지 의문이 이처럼 지나치게 안이한 확신을 뒤흔들었다…… 과거 밝은 초록빛 눈동자에 미국식 억양이 살짝 느껴지는 금발의 젊은 여자와 마주쳤던 기억이 시몽의 뇌리를 반짝하고 스친 것이다…… 기억은 떠오를 때와 마찬가지로 순식간에 사라졌지만, 그로 인해 소년은 충격을 받은 상태다.

그 반짝하는 사이, 영화에서 강한 인상을 준 여배우 제인 프랭크의 어떤 이미지와 혼동한 것일까? 이런 설명으로는 당최 설득이 되지 않았다. 그러자 한층 심각한 두려움이 그를 휘감았다. 소년이 아예 빈사 상태에서 헤어나지 못한다면, 진이 눈앞에서 영영 사라져버리지 않는다면.

그제야 시몽은, 정말 기이하게도 여태껏 전혀 신경쓰지 않았던 방안 풍경의 중요한 특징을 인지하게 되었다. 창문 커튼이 모조리 닫혀 있는 것이었다. 보아하니 검붉은 빛깔의 두꺼운 천으로 된 무척 오래된 커튼인데(주름을 따라 씨실이 드러날 정도로 아주 낡았다), 거리로 향하는 것이 분명한 창문들을 완벽하게 차단하고 있었다. 대낮에 왜 저렇게 닫아놓았을까?

시몽은 또한 '대낮'이란 개념을 곰곰이 생각해보았다. 그나저나 지금이 몇시지? 갑자기 불안해진 그는 얼른 창가로 달려갔다. 알고 보니 커튼 자체는 물론 그 틈새 어디로도 빛이 새어들지 않았다. 그는 허겁지겁 커튼 자락을 들춰보았다.

바깥은 캄캄한 밤이었다. 언제부터지? 골목길 전체가 별도 달도 없는 하늘 밑, 완전한 어둠 속에 묻혀 있었다. 뿐만 아니라 맞은편 건물의 창문들에도 전혀 불빛이 없어—전깃불이든 다른 어떤 불빛이든—가뜩이나 분간이 되지 않았다. 우측 방향으로 멀찌감치 떨어진 곳, 고풍스러운 가로등 하나만이 불과 몇 미터밖에 가닿지 않을 푸르스름한 광채를 희미하게 내쏘고 있었다.

시몽은 커튼 자락을 떨구었다. 밤이 그토록 빨리 왔단 말인가? 아니면 '이곳'의 시간은 다른 법칙에 따라 흐른단 말인가? 시몽은 손목에 찬 시계를 확인하고 싶었다. 시계가 죽어 있는 걸 보고도 그는 놀라지 않았다. 시곗바늘은 정확히 열두시를 가리키고 있었다. 정오든 자정이든 달라질 건 없었다.

두 창문 사이 벽에는 검은색 나무 액자 유리 속에 인물사진이 걸려 있고, 그 뒤로 축성받은 회양목 가지가 비어져 나와 있었다. 시몽은 바짝 다가가 사진 속 인물을 살펴보았다. 그런데 촛불의 불빛만으로는 그 생김새를 파악하기에 충분하지 않았다. 그저 군복을 입은 남자로만 보일 뿐이었다.

얼굴을 좀더 자세히 보고 싶다는 갑작스러운 욕구가 시몽을 사로잡았다. 별안간 그 얼굴이 설명할 수 없는 중요성을 갖게 된 거다. 그는 급하게 침대 쪽으로 돌아와 촛대를 하나 쥐고 다시 사진 앞으로 다가갔다. 그리고 흔들리는 촛불을 최대한 가까이 들이대 사진 속 인물을 꼼꼼히 살폈다……

그는 능히 내기라도 건다는 심정이었다. 과연 액자 속 사진은 자기 자신이었다. 착각의 여지는 전혀 없었다. 이삼 년쯤 혹은 그보다 더 나이가 들어 좀더 진중하고 성숙한 모습일지는 모르나, 완벽하게 알아볼 만한 생김새였다.

시몽은 그 자리에 굳어버렸다. 무거운 황동 촛대를 들이댄 채, 그는 친근하면서도 비꼬는 듯한, 알게 모르게 미소를 짓고 있는 자신의 모습에서 두 눈을 뗄 수가 없었다.

사진 속 미지의 인물은 분명 해군 복장에 중사 계급장을 달고 있었다. 하지만 현재 프랑스 군대에서 통용되는 군복과 정확히 일치하지는 않았다. 게다가 시몽은 육군이든 해군이든 군에 복무해본 적이 없었다. 인화지는 색이 누렇게 뜬 세피아 색조였으며, 세월의 때가 끼어 회갈색을 띤 작은 점들로 이곳저곳 얼룩졌다.

아래 여백에는 두 줄의 짧은 손글씨가 빈 공간을 비스듬히 가르고 있었다. 왼손잡이의 글씨처럼 반대 방향으로 기운 자신의 글씨체를 시몽은 곧바로 알아보았다. 그는 낮은 소리로 읽었다. "마리와 장에게, 사랑하는 아빠가."

시몽 르쾨르는 얼른 뒤돌아보았다. 인기척도 없이 진이 바짝 다가와 있었다. 그녀는 거의 다정하다 싶을 만큼 재미난 표정으로 입을 삐죽거리며 그를 물끄러미 바라보고 있었다.

"봐요, 앞으로 몇 년 뒤 당신 사진이에요." 그녀가 말했다.

"그러니까 이 사진 역시 장의 비정상적인 기억의 일부로군요. 바로 나의 미래 말이오."

"맞아요, 이곳의 다른 모든 것과 마찬가지로요."

"당신만 제외하고?"

"네, 그래요. 장이 시간을 뒤섞기 때문이죠. 그래서 사태가 뒤죽박죽, 도무지 이해하기가 어려워지는 거예요."

"아까 당신은 며칠 후 내가 이곳에 당도한다고 하던데, 그 이유가 뭐죠? 여기 무슨 용건으로 온다는 겁니까?"

"당신은 다친 아이를 품에 안고 나타날 거예요. 당신 아들이 틀림없는 아이를요."

"장이 내 아들이란 말입니까?"

"사진의 헌사가 증명하듯, 아이는 당신 아들이 '될 거예요'. 그리고 마리라는 이름의 딸도 가질 거고요."

"말도 안 되는 소리! 오늘은 아직 태어나지도 않은 여덟 살짜리 자식을 다음주에 내 자식으로 가질 수는 없는 거요. 더구나 그 아이를 당신은 무려 이 년 이상 전에 만난 적이 있다니!"

"정말 프랑스인답게 실증주의적이고 데카르트적으로 사고하시는군요…… 하긴 당신이 며칠 뒤 '처음으로' 이곳에 올 거라고 내가 말하긴 했죠. 하지만 그뒤로는 자주 이곳에 나타날 겁니다. 심지어 당신은 이 집에서 당신 부인과 자식들을 데리고 거주하게 될 거예요. 그렇지 않다면, 왜 당신 사진이 그 벽에 걸려 있겠어요?"

"당신은 프랑스인 아닙니까?"

"난 프랑스인 아니에요. 미국인입니다."

"살아 있을 때 무얼 했나요?"

"영화배우였어요."

"무엇 때문에 죽은 거죠?"

"미친 컴퓨터에 의해 촉발된 기계 사고죠. 내가 현재 정보처리기술과 기계화에 대항해 투쟁하는 이유가 바로 그겁니다."

"어떻게 '현재'가 됩니까? 당신은 이미 죽은 걸로 알고 있는데!"

"그래서요? 당신도 죽은 건 마찬가지예요! 검은색 나무 액자에 담긴 사진과 그런 당신의 망혼을 달래기 위해 축성받은 회양목 가지 못 봤어요?"

"그렇다면 나는 왜 죽은 거요? 무엇 때문에 죽었을 것인지 말해보시오. 도대체 내가 죽을 이유가 무엇이오?" 시몽은 점점 더 흥분해서 소리쳤다.

"해상에서 사망이에요." 진은 차분하게 대답했다.

이건 정말 심한 처사였다. 시몽은 결국 악몽일 수밖에 없는 상황에서 벗어나기 위해 죽어라 애썼다. 일단 신경부터 이완시키는 것이 급선무라고 생각했다. 그는 절규할 수밖에 없었고, 머리를 벽에 부딪거나 무언가 박살내야만 했다……

그는 광분한 상태에서 불붙은 촛대를 바닥에 쓰러뜨리고는, 자신을 비웃고 있는 너무나도 어여쁜 소녀를 향해 단호한 발걸음을 내디뎠다. 그는 여자를 와락 부둥켜안았다. 저항하기는커녕 황금빛 문어처럼, 그녀는 시몽이 전혀 예상치 못한 관능을 드러내며 온몸으로 달려들었다.

한낱 혼령으로 치부하기에는 너무도 뜨겁고 감미로운 육체를 지니고 있었다…… 그녀는 갑작스러운 소란 때문에 깨어난 소년이 허겁지겁 자리를 내준 침대로 시몽을 끌고 들어갔다. 마룻바닥에 흩어진 초들이 여전히 타고 있어, 언제 커튼 자락에 불이 옮겨붙을지 모르는 상황……

이는 시몽 르쾨르가 쾌락 속으로 빠져들기 전, 방에 대해서 마지막으로 기억하는 또렷한 영상이었다.

제8장

지난해 프랑스에 도착했을 때, 나는 이유는 모르지만 자기를 보리스라 불러달라고 하는 시몽 르쾨르라는 이름의 내 또래 청년을 우연히 알게 되었다.

나는 곧바로 그가 마음에 들었다. 그는 상당한 미남이었고, 프랑스인치고는 큰 키였으며, 특히 매 순간 일상의 삶을, 이를테면 지극히 평범한 일상의 사건들을 공상과학소설에나 나올 법한 기이하고 황당무계한 모험들로 변질시키기 일쑤인 자유분방하고 변덕스러운 상상력을 가지고 있었다.

하지만 나는 때로 그가 과도하게 꾸며내는 이야기들을 진지하게 받아들이려면 분명 많은 인내가 필요하리라는 생각을 그 즉시 했다. 차라리 실없는 소리라고 해야 맞을지 모르는 이야기들 말이다. 첫날부터 나는 이렇게 중얼거리고 있었다. '내가 그를 엄청 사랑해야만 할 거야. 안 그러면, 우린 아주 빨리 서로를 못 견뎌할 거라고.'

우리의 만남은 어느 일간지의 작은 광고 덕분에, 기이하고도 평범한 방식으로 이루어졌다. 우리는 둘 다 일자리를 찾고 있었다. 너무 고된 일 말고, 반드시 필요하다기보단 남는 일감을 맡기는 이른바 소소한 비정규직 일자리 말이다. 그 역시 대학생이라고 자신을 소개했다.

대충 알 만한 약어들을 동원한 전보문 형식의 짧은 광고였는데, 남녀 아이 두 명을 돌봐줄 j. h. 또는 j. f.를 구한다는 내용이었다.* 이를테면 저녁에 아이들을 봐준다든가, 학교에 데리러 가는 일, 동물원에 같이 가주는 일 등등. 우리는 면접 장소에서 서로 인사를 나눴다. 그런데 우리 말고는 아무도 없었다.

아마도 광고를 낸 사람이 계획 자체를 포기했든지, 다른 경로를 통해 필요한 사람을 이미 구했든지 했을 것이다. 어쨌거나 시몽과 나는 처음 일대일로 마주쳤을 때, 서로를 자신의 고용주가 될 사람으로 믿었던 것만은 사실이다.

사정이 그렇지 않다는 것, 그리고 광고주가 실은 약속을 어겼다는 것을 깨닫고서(시쳇말로, 우리를 바람맞힌 꼴) 나는 몹시 실망했었다. 하지만 그는 조금도 당황하지 않았고, 이제부터 자신의 고용주 노릇을 할 사람처럼 나를 대함으로써 자신의 착각을 의도적으로 연장해나가는 것이었다.

그래서 내가 물었다. "여자 지시로 일을 하면 언짢지 않겠어요?" 그

---

* j. h.는 jeune homme의 약자로 젊은 남자를, j. f.는 jeune fille의 약자로 젊은 여자를 뜻한다.

는 오히려 아주 마음에 든다고 대답했다.

"괜찮다"가 아니라 "마음에 든다"고 한 것이고, 이는 게임을 계속한다는 의미였다. 하여 나 역시 그와 동감인 척했는데, 그러는 것이 익살스럽기도 하고, 무엇보다도 나 또한 재미나고 유쾌할 것 같았기 때문이다.

나는 그가 이제부터 나를 대신해 돌볼 아이들이 아주 편안한 존재들은 아니라는 점도 덧붙였다. 그들은 원자력발전소를 폭파시키는 테러조직의 구성원들이라고…… 왠지 모르지만, 그런 바보 같은 생각이 느닷없이 나의 뇌리를 스친 것이다.

그리고 우리는 가까운 대로변에 위치한 브라스리로 들어갔고, 거기서 그는 내게 크림커피와 크로크므슈를 주문해주었다. 나는 피자를 먹고 싶었는데, 그는 난데없이 그 가게와 관련한 또다른 망상을 펼쳐 보이면서, 사실 그곳은 적국 스파이를 제거하기 위해 독이 든 음식을 제공하고 있다는 것이었다.

카페 종업원이 말이 없고 무뚝뚝하면서 왠지 음험한 인상이라, 시몽은 그자야말로 소련의 첩자이며 두 아이가 바로 그를 돕기 위해 일하는 중이라고 주장했다.

우리 두 사람은 아주 유쾌했다. 우리는 종업원이 엿듣지 못하게 귀엣말로 대화를 나누었는데, 그건 연인 사이나 음모를 꾸미는 사이를 연상시켰다. 우리는 모든 것을 즐기고 있었다. 모든 일이 독특하고 특별하며, 가히 초자연적인 분위기 속에서 일어나는 것처럼 보였다.

크림커피의 맛은 고약했다. 하지만 파트너가 아주 진지하게 설명하길, 나처럼 밝은 초록빛 눈동자를 가진 사람이 계속해서 진한 블랙커피를 마셔대다간 나중에 장님이 된다는 것이었다. 그러고는 이를 빌미로, 그 "눈빛이 신비스럽다"는 둥, 눈동자가 "외계의 광채를 발한다"는 둥 온갖 고리타분한 찬사를 아무렇지도 않게 늘어놓았다!

나는 친구인 카롤린을 마중하기 위해, 암스테르담발 기차가 도착하는 북부역에 나가기로 되어 있었다. 거긴 우리가 있는 장소에서 그리 멀지 않은 곳이었다. 물론 시몽은 나와 동행하길 원했고, 같이 걸어서 가자고 제안했다. 아니, "시몽은 같이 걸어서 가기로 결정했다"라고 쓰는 편이 낫겠다. 그의 집요한 망상이 역설적으로 아주 강력한 권위주의와 결합하고 있었던 것이다.

우리는 유쾌한 분위기 속에서 걷기 시작했다. 시몽은 우리가 지나치는 장소들이나 마주치는 사람들과 관련한 가공의 이야기들을 되는대로 꾸며대느라 부단히 애쓰고 있었다. 그러다가 문득 자기도 확실하게는 잘 모르는 이상하고 복잡한 길을 택하도록 유도하는 것이었다. 갈수록 인적이 줄어드는 골목길들인데, 분명 지름길인 것 같았다.

결국 우리는 완전히 길을 잃고 말았다. 나는 늦을까봐 걱정되었고, 시몽의 허튼소리에 한층 식상하고 있었다. 궁지에 몰린 나는 마침 손님을 찾아 돌아다니고 있는 빈 택시를 발견했고, 그렇게 외진 장소에 예기치 않게 나타난 빈 택시가 마치 신의 섭리와도 같이 느껴져 덮어놓고 올라탔다.

같이 택시에 오르길 거부한—그 이유가 참으로 기상천외하거니와—나의 가엾은 안내자를 떼어버리기 직전, 그래도 나는 다음날 다시 만날 약속을 해주었는데, 그 구실 또한 황당했다(의도적으로 황당했던 것). 황량한—구경할 만한 매력이라곤 전혀 없는—이 동네를 다시 찾아, 우리가 서로 헤어진 바로 그 현장, 즉 낡은 판자 울타리와 반쯤 허물어진 담벼락 사이, 폐가나 다름없는 작은 건물을 표지삼아, 기나긴 직선 골목길 중간 지점에서 재회하자는 것.

나 혼자서는 이곳을 다시 찾지 못할까 걱정이었기에, 우리는 일단 오늘 들른 카페 브라스리에서 먼저 만나 탐험을 감행해보기로 결정했다. 그곳 맥주가 블랙커피만큼은 나쁘지 않을 터였다.

그런데 택시 운전사가 짜증을 부리는 것이었다. 자기 차가 교통을 방해하고 있다는 것인데, 주변 교통량이 전무한 상황이었기에 정말 어처구니없는 소리였다. 그래도 기차 시간이 다가오는 터라, 시몽과 나는 간단하게 작별인사를 나누었다. 마지막 순간, 그는 자기에게 연락할 수 있는 전화번호를 소리쳐 불러주었다. 765 43 21.

일단 택시를 타보니, 뉴욕의 택시들보다 훨씬 더 낡고 상태가 좋지 않았다. 나는 이 차 역시 우리 나라에선 매우 익숙하나, 프랑스에선 극히 예외적인 진노랑 색깔이라는 점에 생각이 가닿았다. 그런데도 시몽은 전혀 놀라지 않았었다.

그리고 더 많은 생각을 하는 가운데 나는 어떻게 이 차가 하필 그때 우리가 서 있는 그 길에 있었던 것인지 궁금했다. 빈 택시가 그처럼 인적 드문 황량한 장소를 떠도는 경우란 흔치 않다. 정말이지 납득이 잘 되지 않는 일인데……

나의 거북한 느낌은, 택시 운전사가 앞창 상단의 백미러를 후방 도로보다는 나를 살피기 편하게 조정해놓았음을 확인하면서부터 급증했다. 직사각형의 작은 거울 속에서 나와 시선이 마주치는데도, 그는 전혀 눈을 피하려 하지 않았다. 그의 얼굴은 좌우가 비대칭이었고, 불규

칙한 윤곽에 거친 생김새였다. 어딘지 음험한 구석이 느껴졌다.

거울로 나를 집요하게 응시하는 눈구멍 깊숙이 어두운 눈동자가 너무 불편해(미로처럼 얽힌 골목길을 그만큼 잘 알아, 길을 거의 보지 않고도 빨리 달릴 수 있다는 얘기인가?), 나는 아직 북부역이 멀었는지 물었다. 그러자 사내는 웃으려다 마는 것처럼 입을 흉측하게 일그러뜨리고는, 느릿느릿 말했다.

"걱정 마십시오, 곧 도착할 테니까."

평범하기만 한 이 문장이 음산한 톤에 실리자(겁 많은 사람이라면 그 자체만으로도 협박하는 것으로 여겼을 법한데), 나의 거북한 심기를 증폭시킬 뿐이었다. 결국 과도한 경계심을 자책하면서, 나는 아무래도 시몽의 정신 나간 상상이 전염성을 가진 모양이라며 속으로 중얼거렸다.

시몽과 내가 헤어졌을 때만 해도, 나는 역이 아주 가까운 곳에 있는 줄 알았다. 그런데 막상 택시를 잡아타자, 나로서는 그저 낯설기만 할 뿐, 어딘가 멀리 떨어진 변두리 풍경만을 떠올리게 하는 지역을 한참 동안 달리는 것이었다.

그러다가 어떤 거리를 돌아들자, 갑자기 북부역의 잘 알려진 건물 전면이 눈에 들어왔다. 택시들이 급커브 직후 정차하면서 손님들을 내려놓는 인도 가장자리 한곳에 시몽이 서서 나를 기다리고 있었다.

그는 사근사근한 태도로 문을 열어주었고, 틀림없이 택시비까지 내주었다. 운전사 쪽의 열린 창문으로 그가 잠깐 몸을 숙이는 듯하더니, 곧바로 택시가 출발한 걸 보면 말이다. 하지만 워낙 간결하게 (들리지도 않게) 말을 주고받은데다, 딱히 요금 계산과 관련된 동작이 두 남자 사이에 오가는 걸 본 것도 아니다.

더군다나 나는 시몽이 이처럼 전혀 예상치 못하게 다시 나타나서 어안이 벙벙한 상태였다. 마치 재미난 장난을 해치운 아이처럼, 그는 행복한 표정으로 배시시 웃고 있었다. 나는 도대체 어떻게 여기까지 오게 된 것인지 물었다.

"그야 뭐 지름길로 왔으니까요." 그가 내게 대답했다.

"걸어서요?"

"물론이죠. 와서 당신 기다린 지 십 분이나 됐는걸요."

"설마, 그럴 리가!"

"그럴 리가 없을지 몰라도, 사실입니다. 당신은 아주 짧은 경로를 어마어마한 시간을 들여 지나왔더군요. 지금 당신은 기차도 친구도 놓쳐버렸어요."

안타깝지만 정확한 지적이었다. 나는 거의 십 분을 늦었고, 지금 이 많은 인파 속에서 카롤린을 찾으려면 엄청난 고생을 할 터였다. 도착한 기차에서 내리는 그녀를 바로 플랫폼 입구에서 기다려야 했었다. 시몽은 또 이렇게 덧붙였다.

"내가 보기에는, 저 택시 운전사가 당신을 고의로 끌고 다녔어요. 경로를 늘이려고 말이오. 당신이 하도 늦기에 나는 당신이 영영 오지 않을 거라는 생각도 잠시 했답니다. 노란 택시는 툭하면 납치에 이용되기도 하니까. 우리 나라에선 그게 전통이죠.

앞으로는 좀더 조심해야겠어요. 파리에선 매일 이런 식으로 예쁜 아가씨가 족히 십여 명은 사라지고 있답니다. 그들은 베이루트나 마카오, 부에노스아이레스의 고급 매춘업소에서 나머지 짧은 인생을 보내게 되지요. 바로 지난달에도 어떤 사건이 있었느냐 하면……"

시몽은 온갖 거짓말과 지어낸 이야기를 한참 늘어놓더니 문득 긴급한 일이 생각난 것처럼 중단하고는, 다급하게 말했다.

"실례지만 난 이만 가봐야겠습니다. 벌써 많이 늦었어요…… 그럼 약속한 대로 내일 봅시다."

그는 마치 주변에서 염탐하고 있을지 모를 첩자를 걱정하는 사람처럼, 비밀스럽고도 낮은 목소리로 다음날 있을 만남을 상기시켰다. 나는 "내일 봐요!"라며 화답해주었고, 그는 즉시 어디론가 내달렸다. 얼마 안 있어 그의 모습은 군중 속으로 사라졌다.

그제야 나는 역 출입구 쪽으로 고개를 돌렸는데, 마침 그곳을 나서는 카롤린과 눈이 마주쳤다. 그녀는 내게로 다가오면서 활짝 웃고 있었다. 놀랍게도 일고여덟 살 정도 되어 보이는 아주 예쁘장한 금발 여자아이의 손을 붙잡고 있었다.

오른손에는 여행가방을 들고 있었기 때문에, 카롤린은 잠시 아이의 손을 놓고 왼팔을 크게 흔들어 내게 반갑게 인사했다. 그러고는 둘 사이의 공간을 이리저리 바삐 오가는 행인들엔 아랑곳하지 않고 큰 소리로 외쳤다.

"플랫폼에서 기다린다더니! 남자들하고 얘기하느라, 내 기차 시간은 안중에도 없는 거야!"

그녀는 냅다 달려와 특유의 활기찬 동작으로 나를 부둥켜안았다. 그동안 아이는, 잘 자란 어린이가 미처 소개되지 못했을 때 취하는 조심스러운 태도로, 조용히 다른 곳을 쳐다보고 있었다. 내가 말했다.

"그래, 알아, 내가 좀 늦었어. 용서해다오. 나중에 설명할게……"

"설명할 것 없어. 아까 보니, 어떤 미남하고 있던데 뭘! 자, 소개할게, 여긴 마리. 오빠 조제프와 잔 사이에 낳은 딸이야. 암스테르담에서 부모에게 데려다주라고 내게 맡겼지 뭐니."

그러자 아이는 오십 년이나 백 년 전 어린 처자들에게 가르치던 바로 그 복잡하고 격식 가득한 인사법을 나를 상대로 아주 정중하고 진지하게 선보이는 것이었다. 나는 "안녕, 마리!"라고 화답해주었고, 카롤린은 자초지종을 계속해서 유창하게 풀어냈다.

"얘가 이모 집에서 방학을 보내고 있었거든. 알잖아, 잔의 동생. 러시아 해군 장교하고 결혼했다는. 그 이야기 언젠가 내가 너한테 해준 적 있지. 배가 헤이그에 기항중일 때 정치적 망명을 요구했다는 보리스라는 남자."

이때 마리가 완전히 어른스러운 이지적 말투에다 아이의 발언으로 보기엔 놀랄 만큼 다듬어진 언어를 구사하면서 자기 나름의 설명을 보탰다.

"보리스 이모부는 사실 정치적 망명자가 아닙니다. 그는 반대파로 위장한 소련의 첩자로서, 원자력 산업에 종사하는 노동자들을 상대로 분쟁과 무질서를 조장하는 임무를 띠고 투입된 사람이에요."

"그걸 너 혼자서 발견해낸 거니?" 내가 장난삼아 묻자, 아이는 전혀 흔들림 없이 대답했다.

"네, 제가 발견했습니다. 그의 왼쪽 손목에 첩자 고유번호가 파란 문신으로 새겨진 것을 봤어요. 그걸 관절 보강용이라며 착용하는 가죽 밴드로 감추려 하더라고요. 하지만 그건 사실이 아니죠. 힘쓰는 일은 전혀 하지 않거든요."

그러자 카롤린이 말했다. "마리 얘긴 듣지 마. 얘는 툭하면 말도 안 되는 이야기를 꾸며댄단다. 공상과학이라든가 첩보물 아니면 강신술 같은 것 말이야. 아이들이 환상문학을 너무 많이 읽는다니까."

그 순간, 나는 어떤 남자가 몇 걸음 떨어진 곳에서 우리를 주시하고 있음을 눈치챘다. 그는 담벼락 모퉁이에 얼마간 몸을 숨긴 채, 이상하리만치 열중한 눈빛으로 이 작은 무리를 응시하고 있었다. 처음에는 마리에게 수상쩍은 관심을 가져 그런 눈길을 보내는 줄 알았다.

나이는 사십 언저리로 보였으며, 어쩌면 그 이상일지도 몰랐다. 양쪽 깃이 겹치는 클래식한 스타일의 회색 정장 차림이긴 했지만(세트로 된 재킷, 바지, 조끼), 오래 입어 옷감이 낡고 해졌는가 하면 모양도 많이 망가졌고, 장거리 기차를 타며 잠을 자서 그런지 셔츠와 넥타이 색이 바랜 상태였다. 그의 손에는 검정 가죽으로 된 가방이 들려 있었는데, 정확히 왠지는 모르겠으나, 외과의사의 왕진가방을 떠올리게 했다.

눈구멍 깊숙이 박혀 음산하면서 날카로운 빛을 발하는 눈동자, 좌우 비대칭의 묵직하면서 기분 나쁘게 두드러진 얼굴 윤곽, 툭하면 일그러지는 커다란 입, 이 모두가 내게 무언가를 격하게 상기시키는 것이었는데…… 정확하게 짚을 수는 없으나, 최근의 어떤 기억과 관련 있지 싶었다.

그러다가 불현듯 떠오른 것은 나를 역까지 태워준 노란 택시의 운전사였다. 그와 더불어 거의 물리적이라 할 거북한 느낌이 어찌나 생생한지, 나는 얼굴이 다 붉어졌다. 그 불쾌한 인간에게서 나는 얼른 고개를 돌렸다. 그러나 불과 몇 초 후에 나는 또다시 그를 바라보았다.

그는 꼼짝도 하지 않았고, 눈길을 돌리지도 않았다. 다만 그가 감시하는 대상은 아무래도 카롤린 같았다. 혹시 내가 카롤린이 아주 예쁘다는 말을 빠뜨렸던가? 훤칠한 키에 날씬하니 잘 빠진 몸매, 눈부신 금발의 단발머리, 살짝 중성적인 매력이 돋보이는 아름다운 얼굴은 여배우 제인 프랭크를 아주 많이 연상시키면서, 모든 연령대의 남성들로부터 다소 거침없는 찬사를 불러모으곤 한다.

그리고 또다른 이야기도 하나 털어놓아야겠다. 사람들은 그녀와 내가 놀라울 정도로 닮았다고 말한다. 우리를 자매로, 심지어 쌍둥이로 착각하는 일도 허다하다. 카롤린의 남자친구들이 나를 그녀로 잘못 알고 상대하는 일이 여러 번 있었는데, 하루는 그 때문에 묘한 사건이 벌어지기도 했고……

순간 카롤린이 나를 걱정스럽게 바라보며 뭔가 묻는 바람에, 내 생각의 흐름이 중단되었다.

"너 무슨 일 있는 거야? 안색이 확 달라졌잖아. 뭔가 무서운 거라도 본 사람 같다, 얘."

마리는 내 감정의 원인을 미루어 짐작했는지, 일부러 목소리를 한껏 높여 태연하게 설명했다.

"기차에서 내릴 때부터 우리를 미행해 온 자가 칼이 잔뜩 든 작은 가방을 들고 여전히 저기 있네요. 저건 분명 난봉꾼이에요, 보자마자 알겠더라고요."

"너무 크게 말하지 마. 저쪽에서 다 듣겠다." 카롤린이 옷의 구김을 펴주는 척하면서 아이 쪽으로 몸을 낮춰 속삭였지만, 마리는 목소리를 낮추지 않았다.

"당연히 우리 얘길 엿듣겠죠. 그러려고 저기 있는 건데."

그러고는 갑자기 낯선 이가 있는 쪽으로 혀를 날름거리더니, 한없이 천사 같은 미소를 지어 보이는 것이었다. 카롤린은 별다른 확신도 없이 형식적으로 마리를 나무라면서, 특유의 무사태평한 태도로 웃음을 터뜨렸다. 그리고 내게 이렇게 말했다.

"하긴 아이 말이 맞을지도 몰라. 아무래도 우리랑 같은 기차를 탄 것 같거든. 어쩐지 침대칸 복도를 어슬렁대는 걸 본 것 같기도 해. 암스테르담역의 승차 플랫폼에서도 보았고 말이야."

검정 가방을 소지한 기분 나쁜 인물 쪽으로 다시 눈길을 돌리자, 거기엔 나를 더더욱 경악케 할 장면이 펼쳐지고 있었다. 남자는 이제 더 이상 우리 쪽을 향하고 있지 않았다. 그는 지팡이의 철제 끄트머리로 바닥을 더듬으며 자신을 향해 다가오고 있는 어떤 맹인을 바라보고 있었다.

스물이나 스물다섯쯤 되어 보이는 금발의 키 큰 사내인데, 크림 빛깔의 아주 섬세하고 우아한 가죽점퍼 속으로 새파란 스웨터를 받쳐 입었다. 큼직한 선글라스가 그의 눈을 가리고 있었다. 오른손에는 손잡이가 굽은 흰색 지팡이가 들려 있었고, 십여 살 먹은 사내아이가 그의 왼손을 붙들고 길안내를 하고 있었다.

몇 초 동안 나는 모든 개연성을 떠나 시몽 르쾨르가 맹인으로 변장하고 돌아온 거라 상상했다. 물론 좀더 자세히 살펴봄으로써, 곧장 나의 착각이었음을 깨달았지만 말이다. 두 사내의 걸음걸이라든가 복장 또는 머리 모양에서 눈에 띄는 몇 가지 공통점은 사실 별것 아니었다.

흰색 지팡이를 가진 젊은이와 그의 안내자는 낡은 옷차림에 의사의 왕진가방을 소지한 자 가까이 다가오다가, 덜컥 멈춰 섰다. 하지만 그들 중 어느 누구도 서로를 알은척하지 않았다. 인사도 없었고, 비슷한 상황에서 기대할 만한 말이나 행위 또한 전혀 없었다. 그들은 아무 말 없이 부동자세로 서로를 마주볼 뿐이었다.

그러고는 천천히 그리고 정교하게, 마치 동일한 기계장치가 세 사람의 머리통을 동시에 움직이도록 하는 것처럼, 그들은 똑같이 규칙적인 동작으로 우리를 향해 돌아섰다. 그렇게 그들은 또다시 경직된 자세로 멈춰 섰고, 세 개의 석상처럼 꼼짝도 하지 않았다. 큼직한 선글라스로 얼굴을 반쯤 가린 금발의 젊은이 왼쪽에 어린 소년이, 오른쪽에 다 해진 회색 정장 차림의 왜소한 남자가 서 있었다.

그들 셋 모두가 눈을 나에게로 고정하고 있었다. 장담하건대, 맹인조차도 그 커다란 검은 안경알 뒤에서 나를 쏘아보고 있었다. 비쩍 마른 아이의 얼굴이 유령처럼 비정상적이고 극단적으로 창백했다. 왜소한 남자의 못생긴 얼굴은 흉측한 억지웃음으로 굳어 있었다. 무리 전체가 갑자기 무시무시한 느낌으로 다가와, 나는 악몽에서 깨어나려 발버둥치는 것처럼, 비명을 내지르고 싶었다.

하지만 악몽을 꾸고 있을 때가 원래 그렇듯이, 어떠한 소리도 입 밖으로 빠져나가지 못했다. 카롤린은 왜 아무 말도 없었을까? 우리 둘 사이에 버티고 선 마리는 또 왜 겁 없고 버릇없는 아이답게 제멋대로 이 홀린 듯한 상황을 깨고 나서지 못했던 걸까? 도대체 어떤 마법의 효과로 입 한 번 뻥긋하지 못한 채, 왜 더이상 움직이지도 못하고 있었던 걸까?

내 안에 불안감이 어찌나 무자비하고 위험하게 들썩이는지, 나는 그만 정신을 잃을까봐 두려웠다. 견딜 수 없는 거북함을 이겨내기 위해,

극히 보잘것없더라도 내 본성에 내재하는 다른 것을 생각하려고 애썼다. 그러나 매달릴 만한 거라곤 한두 시간 전에 시몽이 내게 건넨 바보 같은 이야기밖에 없었다.

그가 주장하기를, 나는 진짜 여자가 아니며, 모건 박사라는 사람이 만든, 아주 완성도 높은 전자장치에 불과하다는 거였다. 박사는 현재 내 수행 능력을 테스트하기 위해 다양한 실험을 진행하고 있으며, 나를 일련의 시련에 들게 하면서 내가 오가는 길 도처에 배치해둔, 그 역시 로봇에 불과한 첩자들로 하여금 내 반응들을 점검하게 하고 있다는 것이다……

그러고 보니 우연인 것처럼 내 앞에 나타난 저 가짜 맹인의 동작들이야말로 기계처럼 부자연스럽지 않던가? 내게는 점점 더 거대하게 보이는 괴이한 안경알은 분명 진짜 눈이 아닌 고도의 녹화장치랄지, 아마나 모르게 내 육체와 의식에 작용하는 광선 송신기라도 감추고 있었던 것. 외과의사 겸 택시 운전사야말로 모건 박사 자신이었던 것이다.

저 사람들과 나 사이의 공간이 알 수 없는 우연 혹은 기적에 의해 텅 비었다. 바로 조금 전만 해도 북적대기만 하던 여행객들이 지금은 깨끗이 사라져버린 것이다…… 불가사의하게 어려운 일이었지만, 나는 최면효과까지 발휘하는 저 세 사람의 시선에서 내 고개를 간신히 돌릴 수 있었다. 그리고 마리와 카롤린의 도움을 구했는데……

이들 역시 저들과 마찬가지로 똑같이 얼어붙은, 비인간적인 시선을 내게 고정하고 있었다. 이제 더는 내 편이 아니었다. 내게 대항하는 그들만의 세력을 이루고 있었다…… 나는 다리가 풀리면서 정신이 흔들리고, 허공 속에서 현기증나는 추락에 이르고 있었다.

……

아침에 깨어나자, 머리가 텅 비고 무거웠다. 전날 과음이라도 한 것처럼, 또는 강력한 수면제라도 복용했던 것처럼, 입안이 바짝 말라 있었다. 하지만 그건 사실이 아니었으니……

전날 밤 도대체 내가 무얼 했지? 당최 기억이 나지 않는다…… 카롤린을 마중하러 역에 갔을 테고, 뭔가 나를 방해했는데…… 그 이상은 모르겠다.

다만 어떤 이미지 하나가 자꾸 기억에 떠오르는데, 도무지 맥락을 모르겠다. 부서진 의자라든가 침대의 철제 골격 등 오래된 폐가의 다락에나 쑤셔박아둘 매우 안 좋은 상태의 잡동사니들이 큰 방에 가득 들어차 있는 것이다.

특히 다양한 형태와 크기의 낡은 트렁크가 엄청 많이 쌓여 있었다. 나는 그중 하나를 열어보았다. 다 해지다시피 한 옛날 드레스와 속치마, 코르셋, 유행이 한참 지난 여성복으로 가득했다. 방에 불빛이라곤 촛대 두 개에서 타고 있는 몽당양초의 흔들리는 노란 불꽃이 전부였기에, 복잡한 옷 문양과 자수를 제대로 분간하기는 어려웠고……

이어서 카롤린이 내게 전화를 걸어와 기차 시간을 알려줄 때 같이 읽어준 간단한 광고문이 생각났다. 그때 나는 생활비를 보충하기 위해 소소한 일거리를 찾는 중이어서, 친구가 생태주간지를 읽다 발견한 이상한 직업알선 광고의 주소지로 무작정 달려갈 것을 결심했었다. 그런데 오늘 늦잠을 자는 바람에 정해진 시각에 맞춰 그곳에 도착하려면 당장 몸단장부터 해야만 했다.

나는 정확히 여섯시 반에 도착했다. 벌써 거의 어두컴컴했다. 창고는 닫혀 있지 않았다. 나는 자물쇠가 없는 문을 밀고 들어섰다.

내부는 온통 조용했다. 때가 낀 유리창을 통해 스며드는 희미한 빛으로, 나는 주변에 널린 사물들을 간신히 분간해냈다. 필시 쓸모가 없어진 물건들이 사방에서 나를 에워싼 채 되는대로 쌓여 있었다.

어슴푸레한 빛에 다소 익숙해진 내 눈이 정면에 있는 남자를 포착했다. 그는 두 손을 코트 호주머니에 찔러넣고 나를 향해 서 있는데, 인사할 기미를 보이기는커녕 한마디 말도 없이 나를 바라보고 있었다.

결연하게, 나는 그에게로 다가갔다……

에필로그

거기서 시몽 르쾨르의 이야기는 멈춘다.

나는 분명 "시몽 르쾨르의 이야기"라고 말한다. 아무도—우리 쪽도 경찰 쪽도—여성형으로 기술된 제8장이 진짜로 다른 누군가에 의해 작성되었다고는 생각하지 않기 때문이다. 그것은 이야기의 반전과 진행의 논리는 물론, 문법적 관점에서 역시 너무나도 현저히 전체에 통합된다.

시몽은—모든 증언이 이 점에서 하나로 모인다—5월 8일 목요일 오후가 시작되는 시간에 파시가에 위치한 학교로 와서 정상수업을 진행했다. 수사가 이루어지면서 학생 몇 명이 "그분 왠지 초조한 기색이셨어요"라고 확인해주었다. 하지만 학생들 대다수는 그가 항상 초조한 기색이었음을 첨언해준다.

실제로 그에게는 거의 병적인 신경증과 제어가 잘 되지 않는 불안증, 그리고 많은 이가 그만의 확실한 매력으로 인정하는 친화적이면서 온화하고 가벼운 유쾌함이 제멋대로 뒤섞여 있었다. 동료 교사나 여학생, 심지어 선배 교사와 복도에서 지극히 간단한 대화를 나눌 때도 그는 자상하게 말을 많이 하면서 엉뚱한 발상과 솔직함, 밑도 끝도 없는 유머를 의도적으로 구사해, 다들 아이를 좋아하듯 자신을 좋아하지 않을 수 없게 만들곤 했다……

그러다가 갑자기 그 순진한 미소가 사라지면서, 관능적으로 잘생긴 입술이 몇 초 만에 밋밋하게 굳어버리는 것이었다. 더불어 그의 눈이 눈구멍을 파고들어 눈빛이 어두워지는 것 같고…… 마치 등뒤로 은밀히 다가온 적을 상대하리라 마음먹고 있던 것처럼, 후딱 뒤로 돌아서는데…… 하지만 뒤엔 아무도 없고, 시몽은 처음 자세로 천천히 돌아와 당혹스러워하는 대화 상대를 다시 마주했다. 그 자신도 당혹스러운 건 마찬가지라, 사내는 그 순간 수천 킬로미터 내지 수광년은 멀리 도망쳐버린 것처럼 보였다. 그는 간신히 들릴 만한 몇 마디 말을 두서없이 희미하게 중얼거리는 것으로 작별인사를 대신하곤 했다.

5월 9일 금요일, 그는 학교에 출근하지 않았다. 걱정하는 사람은 아무도 없었다. 금요일 그의 수업은 하루 맨 마지막 시간이면서 한 주의 마지막 시간이라, 많은 학생이—특히 봄에는—선택수업으로 간주하는 척했다. 이는 젊은 선생들에게서도 이따금 확인되는 태도이긴 했다.

그런데 12일 월요일에도, 화요일에도 그를 본 사람이 아무도 없었다. 그의 숙소에는 전화기가 없었다. 수요일이 되자, 교감선생이 학생들에게 누구 한 명 암스테르담가로 가서 '얀'의 건강상태를 알아볼 수 있는지 물었다. 혹시 몸이 너무 아파서 따로 알리지도 못하고 있는 것 아니냐는 거였다. 심부름을 자원한 학생은 닫힌 문 앞에서 발길을 돌려야 했다. 아무리 초인종을 누르고 소리쳐 불러도 응답이 없었다고 했다. 안에서 어떤 소리도 새어나오지 않았고 말이다.

15일 목요일은 예수승천대축일이었다. 16일 금요일 아침, 학교 관계자들이 경찰에 알렸다. 금요일 당일 정오 즈음해서, 경찰서장의 입회하에 시몽 르쾨르의 숙소 문이 강제로 열렸다.

침실이든 화장실이든, 들이닥친 형사들 앞엔 모든 것이 정돈되어 있었다. 이틀 전 (당연히 복제해둔 열쇠를 갖고 있던) 우리 요원들이 미리 다 해놓은 대로 말이다. 사람이 급하게 떠났다든지, 누가 예고 없이 찾아왔거나 다툰 흔적은 전혀 없었다. 따라서 (우리가 조심스럽게 복사한 뒤 따로 갖다놓은) 타자지 아흔아홉 장은 곧바로 단서로 간주할 만한 유일한 물건이 되어버렸다.

18일 일요일 열아홉시쯤 북부역 근처의 폐쇄된 공장 안, 스무 살가량 되어 보이는 신원 미상의 여자 사체가 발견되면서부터, 짐작건대, 문제의 텍스트에 대한 수사관들의 관심은 증폭될 수밖에 없었다. 여자가 사망한 시점은 한 시간을 채 거슬러오르지 못했다.

젊은 희생자는 신원을 확인할 그 어떤 증명서도 소지하고 있지 않았다. 다만 그녀의 신체적 특징과 복장, 바닥에 누운 정확한 자세가 (게다가 그 장소까지) 시몽 르쾨르의 이야기 제6장에 묘사된 그대로였다. 그가 지적한 것처럼, 피웅덩이는 가짜였고 말이다. 법의학자는 사체에 어떤 외상도 없음을 즉시 확인했다. 즉, 사인이 불분명한 상황인 것이다. 그럼에도 불구하고 자연사가 아닌 살인사건이 일어났다는 사실엔 이론의 여지가 없어 보였다.

여자의 신원과 관련한 모든 조사 활동은 현재까지 아무 소득 없는 상태다. 그와 같은 인상착의를 가진 사람으로서 관할구역을 통틀어 실종 신고가 접수된 기록이 없었다. 사건 장소가 역 근처라는 이유로, 이제 수사는 자연스럽게 안트베르펜과 암스테르담 쪽으로까지 번져나갔다.

경찰이 흥미롭게 바라보는 점은 또 있었다. 죽은 여자와 시몽 르쾨르 본인 사이에 존재하는 놀라운 유사성(전체적인 체형, 신체 사이즈, 얼굴 생김새, 눈과 머리 색깔 등). 그 점이 얼마나 충격적인지, 잠시나마 둘이 단 한 명의 동일 인물이라는 생각이 들 정도였다. 요컨대, 에콜 프랑코-아메리켄의 매력만점 교사가 실은 남장 여자였을지 모른다는 사실이다. 하지만 이런 혹할 만한 가설이 계속 유지되지는 않았는데, 대략 2주 전 자칭 시몽이라는 자를 정밀 검진했다는 학교 의사가, 그는 분명 생물학적인 남성이었다고 증언했기 때문이다.

의사—모건 박사—는 당시 신경성 발병일 가능성이 큰 시몽의 급성 시각장애를 치료했었다. 실종자는 갑작스러운 시력 저하(망막의 광도 감소)에 시달리고 있음을 갈수록 빈번하게 호소했는데, 때로는 그 증상이 장시간에 걸친 완전한 실명 상태에 이를 수도 있었다. 모건 박사는 정신분석학에 푹 빠져 있어, 곧바로 평범한 오이디푸스 콤플렉스를 생각했다고 한다.

그런 의사에게 환자는 씩 웃으며, 자기는 쾰른에 볼일 없다고 대꾸해버리더라는 것이다.* 어긋난 포석의 테마와 연계된 저 부조리한 농담

* 독일 도시 쾰른은 프랑스어로 콜로뉴(Cologne), 오이디푸스가 죽은 장소인 콜로누스는 프랑스어로 콜론(Colone). 발음이 서로 비슷하다는 점에 착안한 말장난이다.

은 박사를 엄청난 혼란과 새로운 의혹 속으로 줄곧 곤두박질치게 만들었다. 물론 이 간헐적 맹인이 저속한 흉내쟁이였을 수도 있지만, 어느 누구도 그 동기를 파악하기가 어려운 상황이다. 그가 그런 흉내를 내면서 학교에 병가를 신청했다든지, 강의 시간을 조금이라도 편하게 조정하려 했다는 증거가 없으니까.

그의 이야기에 등장하는 모든 인물들 가운데, 어쨌든 한 사람—최소 한 사람이다— 은 의심의 여지 없는 실존 인물이다. 다름 아닌 어린 마리. 버려진 공장부터 시작해, 수사관들은 피자를 팔지 않는 카페 브라스리까지 확인하는 데 별 어려움이 없었다. 경찰 한 명은 그 가게를 며칠에 걸쳐 감시했다. 어린 마리는 여전히 1880년대 의상을 차려입고서 21일 저녁 그곳에 나타났다(그때 그녀가 예전 외상값을 계산하기 위해 가게를 찾았다는 사실은 나중에야 알게 되었다). 가게를 나선 그녀를 경찰이 따라붙었고, 베르생제토릭스가의 막다른 골목까지 미행했다. 그 길고 긴 골목길의 중간쯤에 이르렀을 때, 우리 쪽 사람들이 개입했다. 이들은 호기심 지나친 경찰관을 부드럽게 저지한 뒤, 그를 다시 처음 시작 단계로 데려다놓았다.

실종자의 알리바이에서 텍스트의 알리바이로

장폴 사르트르는 1948년 발표된 나탈리 사로트의 『어느 낯선 이의 초상』을 '앙티로망antiroman'이라 평하여, 훗날 '누보로망nouveau roman' 유파를 형성할 소설들의 '반소설反小說'적 본질을 정확히 내다보았다. 알랭 로브그리예는 그런 사르트르의 『구토』와 같은 작품을 넘어선다는 생각으로 글을 썼으며, 현실 참여적인 철학자의 예술관을 미래를 향해 열린 자유의 형식 실험을 통해 극복해냈다. 예술의 지향점이 각성과 자유에 있다면, 그 자유는 언어가 상상력을 장악할 때 극대화된다는 것이 예술의 역설이다. 작위적 형식이야말로 삶의 신빙성이라는 족쇄에서 인간의 정신을 '충격적으로' 해방하기 때문이다. 소설 『진』은 그 훌륭한 사례 중 하나다.

『진』은 원래 지금과 같은 텍스트가 아니었다. 프랑스어를 배우는 미국 대학생들을 위해 집필한 교과서 형태의 책이었다. 학기당 8주에 해당하는 여덟 장에 걸쳐 프랑스어의 문법적 난이도가 규칙적으로 증가하고, 그에 따라 이야기의 전개가 맞물려가도록 설계되었을뿐더러, 각 섹션마다 맞춤형 연습문제가 첨부되어 있었다. 소설을 구성하는 에피소드들이 곧 문제 풀이를 위한 예문들의 집합인 셈이었다. 로브그리예는 그렇게 하여 완성된 '교과서'를 1981년 미국에서 먼저 『면접』이란 제목으로 출간한 다음, 같은 해 연습문제들을 빼고 '프롤로그'와 '에필로그'를 추가한 뒤 제목을 '진'으로 바꿔 프랑스에서 다시 펴낸 것이다. 그 과정에서 변형된 텍스트는 실종자의 행방을 추적하는 추리소설의 정체성을 갖추었고 "아주 낡은 타자기 옆에 반듯하게" 놓인, "더블 스페이스로 타자한 구십구 쪽 분량의 원고"는 알리바이가 되었다.

그런데 왠지 알리바이-텍스트가 "균열이 난 것처럼 결함 많고 불안정"하다. 내러티브의 논리적 연쇄가 아닌 문법 교과서의 교과 체계가 과격하게 부과되어서인지, 『면접』은 "어긋난" 포석들처럼 일그러지면서 여러 형식적 요소들이 파생시키는 다중적인 텍스트로 재편되고 있다. 실종자의 알리바이가 논리적 추론을 끊임없이 배반하는 텍스트의 알리바이로 전이되는 가운데, 독자들은 어쩌면 이런 의문에 휩싸일지 모른다. 경찰이 추적해온 실종자의 아이덴티티는 물론, 이를 입증할 텍스트 자체가 처음부터 존재하지 않았던 것은 아닐까?

한 번 읽는 것만으로는 이 작품이 가진 혼란스러움의 묘미를 감지하기 어려울 수 있다. 요점들을 짚어가며 전체 흐름을 다시 살펴보자.

프롤로그는 누구인지 모를 '나'의 내레이션으로 시작한다. 딱 한 번 1인칭 단수의 존재를 내비치나, 그 정체는 끝까지 밝히지 않아 이른바 '신뢰할 수 없는 화자'일 가능성이 높다. 실종자의 행방을 찾아 나서는 과정으로 앞으로의 이야기가 전개되리라는 점을 분명히 하면서도, 그의 애매모호한 신원과 유일한 단서인 타자 원고에 대해 석연찮은 언급들을 심어놓아 과정이 결코 순탄치만은 않을 것임을 암시한다.

제1장은 실종자 시몽 르쾨르로 추정되는 또다른 1인칭 화자가 프롤로그와 같은 현재시제로 이야기를 열어간다. 이처럼 다른 화자의 등장은 이 책에서 무엇보다도 텍스트의 전환을 의미한다. 그러므로 프롤로그에 이은 원고의 내용은 이제부터 실종자의 알리바이 자체로 읽힌다. 화자는 채용 공고를 보고 찾아간 공장 창고에서 남자 고용주 므슈 '장Jean'으로 보이는 미국인을 만나는데, 알고 보니 여성이다. 그녀는 대뜸 영어식 발음 '진Djinn'으로 정정을 요구한다. 이 소설에서 끊임없이 일어나는 인물 간 정체성 혼란의 첫 조짐이다. 화자는 진에게서 모종의 미션을 부여받지만 그것의 의미를 알 수는 없다. 화자는 마네킹을 상대하는 기분이다.

제2장부터 로브그리예가 즐겨 활용하는 '미로'의 테마가 작동하면서 스릴러 장르의 분위기가 가미된다. 북부역으로 가기 위해 거리로 나선 화자는 카페에 들렀다가 어느 여대생에게서 지름길을 안내받는데, 그 음흉하고 부자연스러운 모습은 진이 미리 배치해둔 로봇 첩자일지 모른다는 생각을 불러일으킨다. 갑자기 지름길 골목의 어긋난 포석 위를 한 소년이 달리고, 붉은 구멍 같은 웅덩이 쪽으로 넘어져 죽은 듯 움직이지 않는다. 화자는 헝겊 인형처럼 늘어진 소년을 안아 들고

어떤 건물로 들어선다. '어긋난 포석의 붉은 구멍'에 발 걸려 넘어지는 아이의 이미지는, 마르셀 프루스트의 『잃어버린 시간을 찾아서』에 나오는 '마들렌 과자'처럼, 혹은 〈매트릭스〉의 빨간 알약처럼(?), 현실의 결이 바뀌는 순간을 상징한다. 그것은 의식의 명멸을 동반하고, 이를 기점으로 새로운 음역의 텍스트가 파생한다.

제3장은 환상의 모드다. 몽롱한 화자의 심리와 촛불이 만들어내는 몽환의 분위기 속에서 '마리'라는 소녀가 나타나, 주기적으로 '죽었다 살아나는' 소년의 특이성을 설명한다. 소녀의 밑도 끝도 없는 해명은 꿈과 현실이 혼재하는 새로운 텍스트를 파생시켜, 퍼즐을 풀어가는 것과 같은 게임 속으로 화자를 유인한다. 사망한 해군 부사관의 사진이 든 액자를 매개로 새로운 미션이 주어진다. 모든 과정이 논리보다는 자의성이 주도하는 연극적 코드로 진행된다. 액자 속 부사관이 유령 종업원으로 일하는 레스토랑에서 마리는 자신이 유능한 거짓말쟁이임을 선언한다. 그녀의 존재 자체가 문법 학습이 강제하는 '거짓말 텍스트'다.

제4장에서는 마리와 화자 사이에 게임의 공모관계가 굳어간다. 고삐 풀린 작화증세가 연애담과 공상과학 이야기로 발전한다. 이야기는 언제든 부정될 수 있다는 점에서만 '이야기'라는 사실이 암시된다. 개연성 없는 사건들, 근거 없는 이유들의 연쇄가 오직 문법적 구속을 통해 논리적 담론으로 엮일 때 허구의 텍스트가 탄생한다. 거리로 나서면서 다시 미로의 테마가 펼쳐지고, 마침내 소설을 관통할 오이디푸스 신화의 시뮐라시옹simulation(실재가 가상 실재로 전환되는 일)이 작동한다. 화자는 눈의 용도 폐기에 동의함으로써 '사랑에 빠진' 초보 단계

의 로봇 상태에 자진하여 갇힌다. 그것은 현실에 대한 텍스트의 전횡을 허용한다는 의미다. 인과율의 왜곡이, 어긋난 포석의 패턴으로 위험하게 교직하는 세계가 바로 미로 체험의 의식구조다.

제5장에서 화자는 택시를 타고 목적지인 집회 장소로 가는 도중에 소년이 권하는 박하사탕을 삼키는데, 그것은 마취 성분이 든 약이다. 검은 안경알의 선글라스를 쓴 것도 모자라 두 눈을 질끈 감자, 그전까지 부조리한 상황에 줄지어 의문을 던지던 화자의 의식이 서서히 멈춘다. 어긋난 포석에 걸려 넘어지는 소년의 시퀀스가 시간에 구멍을 내면서 다른 텍스트를 파생시키듯이, 소년이 건네는 박하사탕은 "잠에서 깨는 꿈을 꾸는" 잠의 연속을 유발한다. 한번 눈을 감았다 뜬 자가 언제나 새롭고도 낯익은 세상으로의 진입이라는 악몽을 기억해야만 하는 이유다. 비로소 드러나는 미션의 전모는 기계 만능주의 세상에 대항하는 테러 활동이다. 그러나 이것은 기계(로봇)가 기계를 부정하는 자기모순의 퍼포먼스에 불과하다. 알고 보니 진의 존재조차 인간이 아닌 확성기의 기계음이다. 갑자기 뒤통수에 타격이 가해지고 화자는 의식을 잃는다.

제6장과 제7장은 제1장에서 제5장까지 제시된 여러 테마와 이미지가 수사학적인 변주를 통해 압축, 심화되는 과정을 보여준다. 이 과정이 매우 인상적인데, 먼저 3인칭 과거로 시작한 서술의 시점이 1인칭 현재로 바뀐 뒤에 다시 3인칭 과거로 순환하는 구조를 취하고 있다. 이는 객관성에서 주관성으로, 주관성에서 객관성으로 인식의 틀이 전환되는 상황을 암시하며, 전체 서술의 현실성에 의문을 제기하게 만든다. 시몽 르쾨르(혹은 화자)의 의식에 혼령처럼 출몰하는 소녀(혹

은 마리 혹은 진)의 몽환적 이미지가 텍스트의 전환을 알리는 일종의 라이트모티프, 즉 거듭 나타나 서사의 동기와 방향을 추동하는 이미지로 작동하면서 두 개의 장을 1:1:1의 구조로 통합한다. 작위적인 구조가 뚜렷한 텍스트는 그 형식의 힘으로 내용의 파격을 정당화한다. 실종자의 기록에 어렴풋이 남은 흔적들, 즉 제1장부터 제5장까지 주어진 모든 단서와 행적이 제6장과 제7장에 이르러 서로를 복제하고 분해하고 치환하는 가운데, 이야기가 이야기에 삽입되면서 끝없이 프랙털fractal화되는 알리바이가 파생한다. '나' 혹은 시몽 르쾨르의 의식이 구성하는 텍스트 속에 마리라는 소녀가 존재하고, 소녀의 거짓말 텍스트 속에 장이라는 소년의 주기적인 죽음이 존재하며, 그 소년의 무의식적 기억인 또다른 텍스트 속에 다시 '나' 혹은 시몽 르쾨르의 미래가 존재하는 것이다. 이제 독자는 미래를 '기억'할 뿐 아니라 과거를 '예측'하는 기이한 시간대를 살아야 하며, 현실과 비현실이 혼재하는 공간에서 인물들의 경계가 해체되어가는, 이 초자연적인 텍스트를 진지하게 받아들여야 한다. 로브그리예는 화자의 말을 빌려 거기 감춰진 저자의 "체계적인 의도"를 다음과 같이 표명하고 있다. "하긴 우리가 완전히 잘못된 일들을 철석같이 믿고 지내는 경우는 허다하다. 엉뚱한 곳에서 굴러든 기억의 조각이 수미일관한 사건의 내부로 틈입한다든지, 우리가 이질적인 반쪽 두 개를 무의식중에 결합하거나 또는 인과율을 지탱하는 요소들의 순서를 전치시키는 것만으로도, 가공의 사물들이 감쪽같은 현실의 모양새를 취하며 머릿속에서 스스로를 구성하기에 충분한 것이니……" 그리하여 제7장 끝을 장식하는 정사신은 깜짝 놀랄 대반전을 예고한다.

제8장은 1인칭 '나'의 현재시제로 서술이 이루어지는데, 놀랍게도 지금까지와 달리 여성이 화자다. 보모 모집 광고에 응했다가 시몽 르쾨르를 알게 된 사연을 시작으로 북부역에 친구를 마중나간 일, 기절했다 깨어난 뒤 면접 시간에 맞춰 버려진 공장 창고로 향한 일까지, 그녀의 서술 앞에서 독자는 텍스트의 진위 문제를 놓고 심각한 고민에 빠질지 모른다. 이전까지 기술된 모든 에피소드의 구성 요소들이 퍼즐 조각을 뒤엎어놓은 것처럼 처음부터 각기 다른 방식으로 재결합하는가 하면, 그 끝의 장면이 제1장의 시작 장면과 맞닿아 있으니 말이다. 무엇이 진실이고 무엇이 거짓인가? 『면접』이란 원고의 주인은 과연 누구이며, 그는 진정 실종된 것인가?

에필로그 역시 프롤로그와 마찬가지로 1인칭 단수 '나'의 서술로 문을 열지만 그 정체는 여전히 미지수다. 실종자 시몽 르쾨르에 관한 정보가 프롤로그에서보다 훨씬 구체적이다. 문제는 실종사건이 살인사건으로 비화했다는 사실이다. 특히 변사체에 대한 정보가 주목을 끄는데, 제6장에 묘사된 시신 혹은 카드보드 마네킹과 너무도 흡사해 진이 피해자일 거라는 의심이 드는가 하면, 성별이 다른데도 불구하고 인상착의가 실종자인 시몽 르쾨르와 놀랍도록 유사해 둘이 처음부터 동일인이 아니었나 싶을 정도다. 그게 사실이면 복장도착자나 트랜스젠더—혹은 로봇?—인지를 의심해볼 필요가 있으나, 돌고 도는 수수께끼와도 같은 글 속에는 최소 두 가지 힌트가 숨어 있어 결국 텍스트 자체의 진위 여부를 문제삼게 만든다. 첫째, 사망 시점이다. 제8장에서 화자, 즉 진이든 시몽 르쾨르든 혹은 그 둘 모두든 공장 창고에 도착한 시각은 정확히 여섯시 반. 에필로그에서 피해자의 사망 추정 시각 또한 여섯시에서 일곱시 사이 어느 때로 보인다. 따라서 제8장의 화자와 살인 현장의 변사체가 동일인이라면 적어도 그 텍스트는 다른 누군가가 사건 이후에 대신 작성한 것이다. 살인사건 피해자가 사망한 시각에 글을 작성하고 있을 순 없을 테니까. 둘째, 금요일 가택수색 당시 실종자 숙소의 정돈 상태는 "우리 요원들이 미리 다 해놓은" 것이고 문제의 타자 원고도 "우리가 조심스럽게 복사한 뒤 따로 갖다놓은" 것이라는 에필로그의 문장이다. 연출과 조작을 의심케 하는 이런 발언은 '신뢰할 수 없는 화자'의 정체를 은연중에 노출한다. 프롤로그와 에필로그의 화자 '나' 그리고 '우리'는 대체 누구인가?

성귀수

1922년 8월 18일~1948년(26세)

1922년 8월 18일 프랑스 브레스트에서 가스통 로브그리예와 이본 카뉘 부부의 1남 1녀 중 막내로 태어난다. 아버지는 제1차세계대전 참전용사였으나 부상으로 제대한 뒤, 군대에 대한 반감을 품고 살아간다. 파리 생루이고등학교를 거쳐 나치 점령기인 1942년 국립농업기술학교에 입학한다. 1943년 주간지 〈코뫼디아〉의 신인 등용 코너에 단편소설 「젊음. 열정은 어떻게 오는가Jeunesse, ou Comment vient l'enthousiasme」를 응모하지만, 어떠한 관심도 끌지 못하고 낙선한다. 같은 해 강제노역에 징집되어 프랑스가 해방되는 1944년 8월까지 뉘른베르크 전차 제조공장에서 일한다. 그곳에서 훗날 '누보로망' 작가로 활동할 작가 클로드 올리에를 만난다. 1945년 농업기술사 자격을 취득하고 1948년까지 파리 국립통계경제연구소(INSEE)에 근무하며 수학과 생물학을 기본으로 한 통계 예측과 식물병리학 관련 업무에 종사한다.

1949년(27세)~1950년(28세)

INSEE에서 나와 1949년 '인공수정연구센터'로 이직해 일하면서 틈틈이 『시해자*Un Régicide*』를 집필한다. 이탈한 시간과 공간에 사로잡혀 몸부림치는 인간의 분열적 양상을 독특한 이야기로 형상화한 이 작품은 갈리마르를 비롯한 파리의 여러 출판사로부터 외면당하나, 대중성과는 거리가 먼 글들을 조금도 흔들림 없이 써나간다. 『시해자』는 1978년에 이르러 미뉘 출판사를 통해 빛을 볼 운명이다. 한편 1950년까지 '식민지 감귤류 및 과일 연구소(IFAC)' 소속 통계전문기사 자격으로 모로코, 기니, 마르티니크, 과

들루프 등 프랑스 식민지에서 파견근무를 이어간다.

1951년(29세)~1954년(32세)

1951년 초, 병을 얻는 바람에 카리브해 앤틸리스제도를 떠나 귀국하는 선상에서 『고무지우개*Les Gommes*』를 쓰기 시작한다. 이 작품의 집필에 전념하기 위해 귀국하자마자 사직서를 제출하고, 파리 가상디가街의 방 한 칸에 칩거한다. 그해 여름 리옹역에서 훗날 배우자가 될 운명의 여인 카트린 르슈타키앙을 만난다. 1952년 『고무지우개』의 원고가 미뉘 출판사 사장인 제롬 랭동에게 전달된다. 미뉘는 독일 점령기에 비밀출판을 감행하면서, 세상의 통념에 대한 저항정신을 모토로 설립한 출판사다. 로브그리예와 미뉘 출판사의 동반자적 관계는 작가와 편집자의 돈독한 우정에 힘입어 향후 50여 년 가까이 굳건하게 유지될 것이다. 1953년 『고무지우개』가 미뉘 출판사에서 나오자 롤랑 바르트가 〈크리티크〉지에, 장 케이롤이 〈프랑스 사상〉지에 각각 호의적인 평을 게재한다. 1954년 이 작품으로 페네옹상을 수상함에도 불구하고, 로브그리예의 소설에 대한 평단의 전반적인 반응은 조심스러운 침묵에 가깝다. 하지만 2년이 지나면서 상황이 점차 달라질 것이다. '누보로망(새로운 소설)'이란 명칭이 공식적으로 등장한 시기는 그보다 몇 년이 더 지난 1957년이지만, 사실상 『고무지우개』를 누보로망의 출발점으로 보는 시각이 지배적이다.

1955년(33세)~1959년(37세)

1955년 미뉘 출판사의 편집위원 겸 문학 담당 자문위원이 되어 앞으로 30년간 직을 유지할 것이다. 같은 해 『엿보는 자*Le Voyeur*』를 발표하고, 비평가상을 수상한다. 이때부터 로브그리예의 작품에 대한 세간의 침묵에 서서히 금이 가면서 경악과 열광이 교차하기 시작한다. 일부 비평가들이 싸늘한 시선을 보내는가 하면, 조르주 바타유, 장 폴랑, 롤랑 바르트, 모리스 블랑쇼는 열렬한 호평을 이어간다. 바르트는 〈크리티크〉지에 '문자적 문학'

을, 블랑쇼는 〈누벨 르뷔 프랑세즈〉지에 '어느 소설에 대한 고찰'이란 평론을 게재한다. 특히 전통적인 소설의 기본 조건인 줄거리의 명시적 전개와 인물의 주관적 심리묘사에 대한 단호한 거부가 의미 있는 시도로서 주목받는다. 〈렉스프레스〉지에 '오늘의 문학'을 주제로 아홉 차례 연재될 논평을 전담하고, 이때 쓴 글들이 훗날 출간될 『누보로망을 위하여*Pour un nouveau roman*』(1963)의 초석이 된다. 1956년에는 워싱턴대학교와 시카고대학교의 교수이자 작가인 브루스 모리셋과 조우하는데, 이를 기화로 미국에서의 인지도가 급격히 높아진다. 1957년에는 미뉘 출판사에서 『질투*La Jalousie*』가 출간된다. 언론에서 많이 다뤄지고 외국으로도 활발히 소개되지만, 여전히 로브그리예는 제대로 읽은 사람이 드문 소설가로 악명 높다. 대신 비평가와 대학교수들로 이루어진 전문가 집단에서 그에 대한 관심이 심화되고, 그만큼 다양한 해석이 출몰한다. 1957년 5월 22일 평론가인 에밀 앙리오는 〈르몽드〉지에서 『질투』를 거론하며 '누보로망'이라는 용어를 처음 제안한다. 전통적인 소설을 무시하고 생경한 기법을 실험하는 일군의 작가를 약간은 조롱조로 지칭하는 의미였다. 이때부터 로브그리예의 작품을 필두로 한 일군의 새로운 문학적 실험을 누보로망이라는 개념의 틀로 묶어 설명하려는 시도가 본격화되는데, '객관성의 신화'라든가 '시선의 우위를 절대시한다'는 견해가 그 예다. 한편, 만난 지 6년 만인 1957년 10월 카트린 르슈타키앙과 결혼한다. 그녀 역시 장 드 베르그 또는 잔 드 베르그라는 필명으로 사도마조시즘sado-masochisme적인 소설을 발표하는데, 곧바로 검열 조치가 따를 만큼 수위가 높다. 1956년 미뉘 출판사에서 출간한 그녀의 첫 작품(『이마주*L'Image*』) 서문은 로브그리예가 폴린 레아주P. R.라는 가명으로 쓴 것이다. 1959년 미뉘 출판사에서 그의 네번째 발표작 『미궁 속으로*Dans le labyrinthe*』가 나오고 대중적으로 큰 호응을 얻는다. 1958년 미셸 푸코가 〈에스프리〉지 7~8월호 '누보로망 특집호'에 이른바 '누보로망 작가'로 간주되는 인물들 명단을 발표하면서 사뮈엘 베케트, 미셸 뷔토르, 장 케이롤, 마르그리트 뒤라스, 장 라그롤레, 로베르 팽제, 알랭 로브그리예, 나탈리 사로트, 클로드 시몽, 카텝 야신을 거론한다. 1957년에 이어 1959년 독일에서 초청한 여러 강연과 심포지엄에 참석한다.

1960년(38세)~1964년(42세)

1960년 '알제리전쟁 불복종 권리선언'인 〈121인 선언Manifeste des 121〉에 참여한다. 이와 관련해 그는 훗날, 작가 역시 일개 시민으로서 이런저런 정치 사안에 적극 관여할 수 있으며, 이때 작가가 사회적 영향력을 행사하는 일은 그 자체로 의미 있다는 견해를 피력했다. 다만 예술가로서 펼치는 작품활동이 그런 정치적 대의에 반드시 기여해야 하는 것은 아니라는 단서를 달았다. 같은 해 집필한 시나리오 〈지난해 마리앵바드에서L'Année dernière à Marienbad〉로 처음 영화작업에 참여한다. 이 작품은 1년 뒤 알랭 레네 감독이 연출하여 베네치아 국제영화제에서 황금사자상을 수상한다. 서사 구조의 모호함 속에 현실과 환상이 혼재된 몽환적 세계를 효과적으로 그려냄으로써, 이 영화는 향후 영화예술계에 지대한 영향을 미칠 것이다. 1961년 2월 마르그리트 뒤라스, 나탈리 사로트와 함께 영국에서 초청한 순회강연에 참여한다. 영화작업을 위해 일본 여행길에 올랐으나 촬영이 불발되는 대신, 귀국길에 기착한 홍콩에서 겪은 경험은 훗날 발표할 『밀회의 집*La Maison de rendez-vous*』의 모태가 되어줄 것이다. 미뉘 출판사가 영화소설ciné-roman 『지난해 마리앵바드에서』를 선보인다. 1954년부터 써온 단편 여섯 작품, 즉 「세 개의 반영Trois visions réfléchies」「귀로Le Chemin du retour」「무대Scène」「해변La Plage」「지하철 통로Dans les couloirs du métropolitain」「비밀의 방La Chambre secrète」을 모아 1962년 『스냅사진*Instantanés*』을 발표한다. 같은 해, 누보로망 강연을 위해 남미대륙을 처음 밟는다. 1953년부터 10여 년간 〈렉스프레스〉지를 비롯한 여러 잡지에 발표해온 논쟁적 글들을 모아 1963년 『누보로망을 위하여』를 펴낸다. 여기엔 '누보로망이란 무엇인가'의 문제는 물론 문학 그 자체에 대해 성찰하는 과정까지 담겨 있어, 소설의 새로운 경향을 대표하는 작가이자 문학 이론가로서 로브그리예를 총체적으로 들여다볼 수 있게 해준다. 그러나 정작 본인은 책의 서두를 다음과 같은 문장으로 시작하여, 그런 기대에 분명한 선을 긋고 있다. “나는 소설 이론가가 아니다. 나는 단지 내가 썼던 책들, 내가 읽었던 책들, 그리고 내가 쓰려고 계획한 책들에 관해 몇 가지 비평적 반성을 하고 싶었을 따름이다.” 같은 해 로브그리예는 자작 시나리오 〈불멸의 여인L'Immortelle〉을 통해 영화연출가로 데뷔한다. 이스탄불에서 촬영한 이 작품으로 루이 델뤼크 상을 받고 미뉘 출판사는 영화소설을 출간하지만, 흥행에는 실패한다. 장폴 사르트르와 시몬 드 보부아르, 나탈리 사로트, 베르나르 팽고, 티보르 데리, 일리야 예렌부르크 등과 함께, 8월 레닌그라드에서 열린 소비에트 작가연맹 학술회의에 참석한다. 1964년 미국으로 건너가 50개 대학을 돌며 대규모 강연을 진행한다.

1965년(43세)~1975년(53세)

1965년 미뉘 출판사에서 『밀회의 집』이 출간된다. 이 시기부터 70년대 말 『황금 삼각형의 추억*Souvenirs du Triangle d'Or*』(1978)까지 서서히 가중되는 사도마조시슴 경향이, 점점 본격화되는 영화작업과 맞물리면서 마침내 로브그리예의 작품에 대한 뚜렷한 대중적 기호가 형성된다. 칸 영화제 심사위원으로 위촉된다. 파리와 안트베르펜을 오가며 촬영한 〈유럽횡단 급행열차Trans-Europe-Express〉가 1966년 개봉된다. 시나리오 작업과 연출은 물론, 아내 카트린과 함께 출연까지 감행한 영화다. 특히 마리프랑스 피지에와 더불어 주연을 맡은 명배우 장루이 트랭티냥은 이 영화를 시작으로 10년간 감독 로브그리예의 페르소나로서 공동 작업을 이어간다. 이탈과 전복, 뒤틀림의 구조적 장치가 끊임없이 이어지는 난해한 에로틱 스릴러임에도 불구하고 영화는 대단한 흥행성적을 거둔다. 1967년에는 슬로바키아의 고高타트라산지에서 〈거짓말하는 남자L'Homme qui ment〉를 촬영, 이듬해 봄에 개봉하나 흥행엔 참패한다. 대신 주인공을 연기한 트랭티냥이 베를린 국제영화제에서 남우주연 부문 은곰상을 수상한다. 『고무지우개』가 뤼시앵 드루아지의 연출로 영화화되고, 로브그리예는 알랭 레네 감독 작품 〈나는 너를 사랑해Je t'aime〉에 배우로 출연한다. 1969년 코파카바나 영화제에 심사위원으로 위촉된다. 슬로바키아의 수도 브라티슬라바와 튀니지 동부의 제르바섬에서 자작 시나리오에 기반한 〈에덴 그 이후L'Éden et après〉를 연출하고 이듬해 개봉하지만, 영화의 난해한 흐름은 대중의 이해도와 상당한 거리가 있다. 1970년 미뉘 출판사에서 『뉴욕혁명 프로젝트 *Projet pour une révolution à New York*』를 출간한다. 1972년 로브그리예는 〈에덴 그 이후〉의 애너그램 버전(〈N이 주사위를 가졌다N a pris les dés〉)을 새로 편집해, 3년 뒤인 1975년 텔레비전을 통해 다시 선보일 것이다. 런던 출신 사진작가 데이비드 해밀턴과의 공동 작업을 거친 『젊은 여인의 꿈*Rêves de jeunes filles*』이 1970년 라퐁 출판사에서 나온다. 이를 시작으로 타 분야 예술가들과 함께 벌이는 일련의 공동 작업이 70년대 말까지 이어진다. 1971년 7월 레몽 장과 장 리카르두가 기획한 심포지엄 '누보로망, 어제와 오늘'에 참석한다. 1972년 소설가이자 번역가 프랑수아즈 바케의 저서 『누보로망』에 사상 두번째로 '누보로망 작가 명단'이 게재되는데, 이번에는 알랭 로브그리예를 포함해 사뮈엘 베케트, 미셸 뷔토르, 장 케이롤, 클로드 올리에, 로베르 팽제, 나탈리 사로트, 클로드 시몽이 거론된다. 1972년부터 1997년까지 2년 주기로 미국을 오가며, 뉴욕대학교와 세인트루이스시 워싱턴대학교에서 자신의 소설과 영화에 관한 공개수업을 진행할 것이다. 그런데 국제적인 유명인사로서 대중의 뜨거운 시선을 감내해야 했던 당시 처지를 훗날 그는 어느 자전적인 글(『앙젤리크 혹은 마법*Angélique ou l'enchantement*』, 1988)에서 이렇게 술회한다. "독자에게, 청중에게 외치고 싶다, 나는 글을 통해 당신들에게 다가가는 사람이니, 내 수염이나 동작, 말재간에 지나치게 관심 쏟지 말라고. 인내심을 갖고 힘겹게 써내려가는 기나긴 글에서보다 졸속으로 진행하는 인터뷰에서 더 흥미롭고 개인적인 작가의 모습을 보게 되리라는 어리석은 희망을 제발 버려달라고." 1974년과 1975년에 각기 사도마조시슴의 에너지가 폭

발하는 영화 두 편을 작업한다. 먼저 〈쾌락의 점진적인 이동Glissements progressifs du plaisir〉은 쥘 미슐레의 저작 『마녀*La Sorcière*』(1862)에서 영감을 얻은 작품으로, 장루이 트랭티냥과 함께 열일곱 살 소녀로 분한 아니세 알비나가 주연으로 등장한다. 영화가 공개되자 프랑스에서는 페미니스트들의 공격이 거세게 일었고, 이탈리아에서는 풍속을 해치는 유해물로 고발되어 필름을 공개적으로 소각 처리하라는 판결이 내려진다. "예술작품이 줄거리에 꼭 필요할 경우 나체를 다룰 순 있으나, 로브그리예 씨의 영화는 그 줄거리 자체가 맥락을 이해할 수 없는 수준이므로, 나체 시퀀스는 음란물에 불과하다"는, 참으로 단순명료한 논지에서다. 또다른 영화는 〈불장난Le Jeu avec le feu〉인데, 전작의 두 배우에다 실비아 크리스텔과 필리프 누아레까지 가세한다. 이 영화에선 파리 오페라극장이 고급 매음굴로 둔갑하여 어린 소녀들이 노인 고객들의 사디슴적 광기에 놀아나는 무대가 된다. 같은 해인 1975년, 화가 폴 델보와 공동 작업한 『바나디스 여신에게 바치는 신전 잔해의 건축*Construction d'un temple en ruines à la déesse Vanadé*』을 바토라부아르 출판사에서 선보인다. 또한 장 리카르두가 기획한 심포지엄 '로브그리예, 분석과 이론'에 참석한다. 테헤란 영화제 심사위원으로 위촉된다.

1976년(54세)~1983년(61세)

1976년 『유령도시 위상학*Topologie d'une cité fantôme*』을 미뉘 출판사에서 출간한다. 1976년부터 1978년까지 타 분야 예술가들과 협업한 결과물, 즉 화가 르네 마그리트와 『아름다운 포로*La Belle Captive*』(비블리오테크 데 자르, 1976)를, 사진작가 이리나 이오네스코와 『거울 신전*Temple aux miroirs*』(세게르, 1977)을, 화가 로버트 라우션버그와 『표면의 수상한 흔적들*Traces suspectes en surface*』(미뉘, 1978)을 공동 작업으로 펴낸다. 1978년 신작 『황금 삼각형의 추억』과 함께, 30여 년 전에 쓴 원고 『시해자』를 미뉘 출판사에서 출간한다. 같은 해에 시베리아횡단철도로 대륙을 가로

질러 한국과 일본의 강연에 참석하는가 하면, 캘리포니아 UCLA에서 수업을 한 학기 동안 진행한다. 1979년 모로코 탕헤르에서 마라케시까지 순회강연에 나선다. 1980년부터 1987년까지 브뤼셀자유대학교의 문학사회학연구센터 소장직을 맡을 것이다. 멕시코 전역으로 순회강연을 다닌다. 캘리포니아주립대학교 교수 이본 레너드의 요청으로 쓴 책 『면접*Le Rendez-vous*』을 1981년에 출간한다. 프랑스어에 숙달하고자 하는 미국 대학생들을 대상으로 교육 목적에서 집필한 소설인데, 이야기의 얼개가 문법의 활용과 정교하게 맞물려 전개되도록 고안된 텍스트다. 같은 해 미뉘 출판사에서 나온 『진*Djinn*』은 그 텍스트에 프롤로그와 에필로그를 보강하여 새로 펴낸 소설이다. 캐나다 노바스코샤주에서 밴쿠버에 이르는 전역을 돌며 순회강연을 진행한다. 1976년 마그리트와 공동 작업한 『아름다운 포로』를 6년이 지나 영화로 각색한다. 1982년에는 뉴욕, 워싱턴, 보스턴 등 미국을, 1983년에는 에스파냐와 벨기에를 두루 다니며 수많은 세미나와 강연에 참석한다. 1983년 10월, 뉴욕 무대에 오른 버지니아 울프 원작의 연극 〈프레시워터 Freshwater〉에 출연하여 나탈리 사로트, 외젠 이오네스코 등과 함께 연기한다.

1984년(62세)~1997년(75세)

1984년부터 누보로망 특유의 출구 없는 미로와 가변적인 망상의 세계에 자전적 요소를 도입하기 시작한다. 스스로 '로마네스크Romanesques', 즉 '소설 같은 이야기'라 이름 붙인 이 실험적 장르는 1984년 『되살아나는 거울*Le Miroir qui revient*』을 시작으로, 1988년 『앙젤리크 혹은 마법』, 1994년 『코랭트의 마지막 나날*Les Derniers jours de Corinthe*』까지 총 3부작으로 구체화된다. 자신의 주관적 현존을 철저히 지워나감으로써 소설의 전통에 반기를 들어온 작가인 만큼, '로마네스크'는 그런 작가를 매우 역설적인 상황으로 몰아넣는 셈이지만, 대중은 이런 시도에 친근함을 표하며 호응한다. 1984년에 일본과 중국으로 대규모 순회강연을 떠난다. 1986년에는 마침내 심사위원장 자격으로 베네치아 국제영화제에 참석하고, 계속해서 인도네시아, 뉴질랜드, 누벨칼레도니, 타히티, 로스앤젤레스 등을 돌며 세계 일주 강연에 나선다. 1995년 영화촬영을 위한 현지답사차 세이셸과 홍콩, 마카오, 베트남, 캄보디아 등지를 방문한다. 에게해 이드라섬에서 〈미치게 만드는 소음Un bruit qui rend fou〉을 촬영한다. 1997년 브라질 그라마두, 아르헨티나 마르델플라타, 에스파냐 마드리드 등의 영화제에 심사위원으로 참여한다. 또한 스웨덴과 노르웨이, 일본과 타이완, 그리고 로브그리예 작품 번역 및 출간을 기념하여 두번째로 한국에서 강연을 진행한다.

1998년(76세)~2008년(86세)

1998년 9월에서 10월, 죄드폼 국립미술관에서 로브그리예 영화 회고전이 열린다. 1999년 현대 출판기록물 연구소(IMEC)와 퐁피두센터 공동 주최로 레바논에서 '언어사랑'을 주제로 열린 학회에 참석한다. 2000년 라울 루이스 감독이 연출한 프루스트 원작 영화 〈되찾은 시간Le Temps retrouvé〉에 에드몽 드 공쿠르 역으로 출연한다. 2001년 80세 생일을 맞아, 1947년부터 2001년까지의 대담을 포함한 여러 글을 모은 『여행자, 텍스트와 한담 그리고 인터뷰*Le Voyageur, textes, causeries et entretiens. 1947-2001*』가 크리스티앙 부르구아 출판사에서, 소설 『되풀이*La Reprise*』가 미뉘 출판사에서 동시에 나온다. 이에 맞춰 〈크리티크〉지에서는 '알랭 로브그리예 특집호'가 발간된다. 2002년 IMEC가 기획한 전시회 〈알랭 로브그리예, 누보로망의 여행자〉가 캉에서 개최된다. 같은 해 영화소설 『당신을 부르는 그라디바*C'est Gradiva qui vous appelle*』가 미뉘 출판사에서 나온다. 2003년 라디오 채널 '프랑스 퀼튀르'는 〈작가의 삶에 붙이는 서문〉이라는 30분 분량 프로를 25회에 걸쳐 방송한다. '누보로망의 교주' 알랭 로브그리예가 자신은 물론 역사상 위대한 족적을 남긴 작가들의 문학과 삶을 이야기하는 내용이다. 2004년 3월 25일에 아카데미프랑세즈 회원으로 선출되지만, 수락 연설을 거부한다. 회원으로서 거쳐야 할 형식적 절차(초록색 제복 차림에 검을 차고 연설)가 시대착오적이라는 이유에서다. 2년 전 방송된 라디오 프로를 한 권의 책으로 엮은 『작가의 삶에 붙이는 서문*Préface à une vie d'écrivain*』이 2005년 쇠유 출판사에서 나온다. 2006년 『당신을 부르는 그라디바』가 영화화되고, 이 영화에는 D. A. F. 드 사드를 기리는 사드상이 주어진다. 2007년 『감성소설*Un roman sentimental*』이 파야르 출판사에서 출간된다. 로브그리예가 생전에 남긴 최후의 도발적인 작품이며, 극단의 사도마조시즘이 농축된 유작이다. '어른을 위한 요정 이야기'라는 경고 문구와 더불어, 그의 소설로는 처음이자 마지막으로 책장이 봉인된 상태non massicoté로 세상에 나온다. 2008년 2월 18일 캉에서 심장발작으로 사망한다.

문학동네 세계문학전집 발간에 부쳐

세계문학은 국민문학 혹은 지역문학을 떠나 존재하는 문학이 아니지만 그것들의 총합도 아니다. 세계문학이라는 용어에는 그 나름의 언어와 전통을 갖고 있는 국민문학이나 지역문학의 존재를 인정하면서 그것을 넘어서는 문학의 보편적 질서에 대한 관념이 새겨져 있다. 그 용어를 처음 고안한 19세기 유럽인들은 유럽문학을 중심으로 그 질서를 구축했지만 풍부한 국민문학의 전통을 가지고 있는 현대의 문학 강국들은 나름의 방식으로 세계문학을 이해하면서 정전(正典)의 목록을 작성하고 또 수정한다.

한국에서도 세계문학 관념은 우리 사회와 문화의 변화 속에서 거듭 수정돼왔다. 어느 시기에는 제국 일본의 교양주의를 반영한 세계문학 관념이, 어느 시기에는 제3세계 민족주의에 동조한 세계문학 관념이 출현했고, 그러한 관념을 실천한 전집물이 출판됐다. 21세기 한국에 새로운 세계문학전집이 필요하다는 것은 명백하다. 우리의 지성과 감성의 기준에 부합하는 세계문학을 다시 구상할 때가 되었다.

문학동네 세계문학전집은 범세계적으로 통용되는 고전에 대한 상식을 존중하면서도 지난 반세기 동안 해외 주요 언어권에서 창작과 연구의 진전에 따라 일어난 정전의 변동을 고려하여 편성되었다. 그래서 불멸의 명작은 물론 동시대 세계의 중요한 정치·문화적 실천에 영감을 준 새로운 작품들을 두루 포함시켰다.

창립 이후 지금까지 한국문학 및 번역문학 출판에서 가장 전문적이고 생산적인 그룹을 대표해온 문학동네가 그간 축적한 문학 출판 경험을 바탕으로 새로운 세계문학전집을 펴낸다. 인류가 무지와 몽매의 어둠 속을 방황하면서도 끝내 길을 잃지 않은 것은 세계문학사의 하늘에 떠 있는 빛나는 별들이 길잡이가 되어주었기 때문이다. 우리가 자부심과 사명감 속에서 그리게 될 이 새로운 별자리가 독자들의 관심과 애정에 힘입어 우리 모두의 뿌듯한 자산이 되기를 소망한다.

문학동네 세계문학전집 편집위원

민은경, 박유하, 변현태, 송병선, 이재룡, 홍길표, 남진우, 황종연

세계문학전집 237
진

초판 인쇄 2023년 11월 7일
초판 발행 2023년 11월 17일

지은이 알랭 로브그리예 | 옮긴이 성귀수

책임편집 이단네 | 편집 오동규
디자인 이현정 유현아 | 저작권 박지영 형소진 최은진 서연주 오서영
마케팅 정민호 서지화 한민아 이민경 안남영 왕지경 황승현 김혜원 김하연 김예진
브랜딩 함유지 함근아 고보미 박민재 김희숙 박다솔 조다현 정승민 배진성
제작 강신은 김동욱 이순호 | 제작처 영신사

펴낸곳 (주)문학동네 | 펴낸이 김소영
출판등록 1993년 10월 22일 제2003-000045호
주소 10881 경기도 파주시 회동길 210
전자우편 editor@munhak.com | 대표전화 031)955-8888 | 팩스 031)955-8855
문의전화 031)955-1927(마케팅), 031)955-1916(편집)
문학동네카페 http://cafe.naver.com/mhdn
인스타그램 @munhakdongne | 트위터 @munhakdongne
북클럽문학동네 http://bookclubmunhak.com

ISBN 978-89-546-9581-7 04860
978-89-546-0901-2 (세트)

www.munhak.com

1, 2, 3 안나 카레니나 레프 톨스토이 | 박형규 옮김
4 판탈레온과 특별봉사대 마리오 바르가스 요사 | 송병선 옮김
5 황금 물고기 르 클레지오 | 최수철 옮김
6 템페스트 윌리엄 셰익스피어 | 이경식 옮김
7 위대한 개츠비 F. 스콧 피츠제럴드 | 김영하 옮김
8 아름다운 애너벨 리 싸늘하게 죽다 오에 겐자부로 | 박유하 옮김
9, 10 파우스트 요한 볼프강 폰 괴테 | 이인웅 옮김
11 가면의 고백 미시마 유키오 | 양윤옥 옮김
12 킴 러디어드 키플링 | 하창수 옮김
13 나귀 가죽 오노레 드 발자크 | 이철의 옮김
14 피아노 치는 여자 엘프리데 옐리네크 | 이병애 옮김
15 1984 조지 오웰 | 김기혁 옮김
16 벤야멘타 하인학교 - 야콥 폰 군텐 이야기 로베르트 발저 | 홍길표 옮김
17, 18 적과 흑 스탕달 | 이규식 옮김
19, 20 휴먼 스테인 필립 로스 | 박범수 옮김
21 체스 이야기·낯선 여인의 편지 슈테판 츠바이크 | 김연수 옮김
22 왼손잡이 니콜라이 레스코프 | 이상훈 옮김
23 소송 프란츠 카프카 | 권혁준 옮김
24 마크롤 가비에로의 모험 알바로 무티스 | 송병선 옮김
25 파계 시마자키 도손 | 노영희 옮김
26 내 생명 앗아가주오 앙헬레스 마스트레타 | 강성식 옮김
27 여명 시도니가브리엘 콜레트 | 송기정 옮김
28 한때 흑인이었던 남자의 자서전 제임스 웰든 존슨 | 천승걸 옮김
29 슬픈 짐승 모니카 마론 | 김미선 옮김
30 피로 물든 방 앤절라 카터 | 이귀우 옮김
31 숨그네 헤르타 뮐러 | 박경희 옮김
32 우리 시대의 영웅 미하일 레르몬토프 | 김연경 옮김
33, 34 실낙원 존 밀턴 | 조신권 옮김
35 복낙원 존 밀턴 | 조신권 옮김
36 포로기 오오카 쇼헤이 | 허호 옮김
37 동물농장·파리와 런던의 따라지 인생 조지 오웰 | 김기혁 옮김
38 루이 랑베르 오노레 드 발자크 | 송기정 옮김
39 코틀로반 안드레이 플라토노프 | 김철균 옮김
40 어두운 상점들의 거리 파트릭 모디아노 | 김화영 옮김
41 순교자 김은국 | 도정일 옮김
42 젊은 베르테르의 슬픔 요한 볼프강 폰 괴테 | 안장혁 옮김
43 더블린 사람들 제임스 조이스 | 진선주 옮김
44 설득 제인 오스틴 | 원영선, 전신화 옮김
45 인공호흡 리카르도 피글리아 | 엄지영 옮김
46 정글북 러디어드 키플링 | 손향숙 옮김
47 외로운 남자 외젠 이오네스코 | 이재룡 옮김
48 에피 브리스트 테오도어 폰타네 | 한미희 옮김
49 둔황 이노우에 야스시 | 임용택 옮김
50 미크로메가스·캉디드 혹은 낙관주의 볼테르 | 이병애 옮김
51, 52 염소의 축제 마리오 바르가스 요사 | 송병선 옮김
53 고야산 스님·초롱불 노래 이즈미 교카 | 임태균 옮김

54 다니엘서 E. L. 닥터로 | 정상준 옮김
55 이날을 위한 우산 빌헬름 게나치노 | 박교진 옮김
56 톰 소여의 모험 마크 트웨인 | 강미경 옮김
57 카사노바의 귀향·꿈의 노벨레 아르투어 슈니츨러 | 모명숙 옮김
58 바보들을 위한 학교 사샤 소콜로프 | 권정임 옮김
59 어느 어릿광대의 견해 하인리히 뵐 | 신동도 옮김
60 웃는 늑대 쓰시마 유코 | 김훈아 옮김
61 팔코너 존 치버 | 박영원 옮김
62 한눈팔기 나쓰메 소세키 | 조영석 옮김
63, 64 톰 아저씨의 오두막 해리엇 비처 스토 | 이종인 옮김
65 아버지와 아들 이반 투르게네프 | 이항재 옮김
66 베니스의 상인 윌리엄 셰익스피어 | 이경식 옮김
67 해부학자 페데리코 안다아시 | 조구호 옮김
68 긴 이별을 위한 짧은 편지 페터 한트케 | 안장혁 옮김
69 호텔 뒤락 애니타 브루크너 | 김정 옮김
70 잔해 쥘리앵 그린 | 김종우 옮김
71 절망 블라디미르 나보코프 | 최종술 옮김
72 더버빌가의 테스 토머스 하디 | 유명숙 옮김
73 감상소설 미하일 조셴코 | 백용식 옮김
74 빙하와 어둠의 공포 크리스토프 란스마이어 | 진일상 옮김
75 쓰가루·석별·옛날이야기 다자이 오사무 | 서재곤 옮김
76 이인 알베르 카뮈 | 이기언 옮김
77 달려라, 토끼 존 업다이크 | 정영목 옮김
78 몰락하는 자 토마스 베른하르트 | 박인원 옮김
79, 80 한밤의 아이들 살만 루슈디 | 김진준 옮김
81 죽은 군대의 장군 이스마일 카다레 | 이창실 옮김
82 페레이라가 주장하다 안토니오 타부키 | 이승수 옮김
83, 84 목로주점 에밀 졸라 | 박명숙 옮김
85 아베 일족 모리 오가이 | 권태민 옮김
86 폭풍의 언덕 에밀리 브론테 | 김정아 옮김
87, 88 늦여름 아달베르트 슈티프터 | 박종대 옮김
89 클레브 공작부인 라파예트 부인 | 류재화 옮김
90 P세대 빅토르 펠레빈 | 박혜경 옮김
91 노인과 바다 어니스트 헤밍웨이 | 이인규 옮김
92 물방울 메도루마 슌 | 유은경 옮김
93 도깨비불 피에르 드리외라로셸 | 이재룡 옮김
94 프랑켄슈타인 메리 셸리 | 김선형 옮김
95 래그타임 E. L. 닥터로 | 최용준 옮김
96 캔터빌의 유령 오스카 와일드 | 김미나 옮김
97 만(卍)·시게모토 소장의 어머니 다니자키 준이치로 | 김춘미, 이호철 옮김
98 맨해튼 트랜스퍼 존 더스패서스 | 박경희 옮김
99 단순한 열정 아니 에르노 | 최정수 옮김
100 열세 걸음 모옌 | 임홍빈 옮김
101 데미안 헤르만 헤세 | 안인희 옮김
102 수레바퀴 아래서 헤르만 헤세 | 한미희 옮김
103 소리와 분노 윌리엄 포크너 | 공진호 옮김

104 곰 윌리엄 포크너 | 민은영 옮김
105 롤리타 블라디미르 나보코프 | 김진준 옮김
106, 107 부활 레프 톨스토이 | 박형규 옮김
108, 109 모래그릇 마쓰모토 세이초 | 이병진 옮김
110 은둔자 막심 고리키 | 이강은 옮김
111 불타버린 지도 아베 고보 | 이영미 옮김
112 말라볼리아가의 사람들 조반니 베르가 | 김운찬 옮김
113 디어 라이프 앨리스 먼로 | 정연희 옮김
114 돈 카를로스 프리드리히 실러 | 안인희 옮김
115 인간 짐승 에밀 졸라 | 이철의 옮김
116 빌러비드 토니 모리슨 | 최인자 옮김
117, 118 미국의 목가 필립 로스 | 정영목 옮김
119 대성당 레이먼드 카버 | 김연수 옮김
120 나나 에밀 졸라 | 김치수 옮김
121, 122 제르미날 에밀 졸라 | 박명숙 옮김
123 현기증. 감정들 W. G. 제발트 | 배수아 옮김
124 강 동쪽의 기담 나가이 가후 | 정병호 옮김
125 붉은 밤의 도시들 윌리엄 버로스 | 박인찬 옮김
126 수고양이 무어의 인생관 E. T. A. 호프만 | 박은경 옮김
127 맘브루 R. H. 모레노 두란 | 송병선 옮김
128 익사 오에 겐자부로 | 박유하 옮김
129 땅의 혜택 크누트 함순 | 안미란 옮김
130 불안의 책 페르난두 페소아 | 오진영 옮김
131, 132 사랑과 어둠의 이야기 아모스 오즈 | 최창모 옮김
133 페스트 알베르 카뮈 | 유호식 옮김
134 다마세누 몬테이루의 잃어버린 머리 안토니오 타부키 | 이현경 옮김
135 작은 것들의 신 아룬다티 로이 | 박찬원 옮김
136 시스터 캐리 시어도어 드라이저 | 송은주 옮김
137 고독한 산책자의 몽상 장자크 루소 | 문경자 옮김
138 용의자의 야간열차 다와다 요코 | 이영미 옮김
139 세기아의 고백 알프레드 드 뮈세 | 김미성 옮김
140 햄릿 윌리엄 셰익스피어 | 이경식 옮김
141 카산드라 크리스타 볼프 | 한미희 옮김
142 이 글을 읽는 사람에게 영원한 저주를 마누엘 푸익 | 송병선 옮김
143 마음 나쓰메 소세키 | 유은경 옮김
144 바다 존 밴빌 | 정영목 옮김
145, 146, 147, 148 전쟁과 평화 레프 톨스토이 | 박형규 옮김
149 세 가지 이야기 귀스타브 플로베르 | 고봉만 옮김
150 제5도살장 커트 보니것 | 정영목 옮김
151 알렉시 · 은총의 일격 마르그리트 유르스나르 | 윤진 옮김
152 말라 온다 알베르토 푸겟 | 엄지영 옮김
153 아르세니예프의 인생 이반 부닌 | 이항재 옮김
154 오만과 편견 제인 오스틴 | 류경희 옮김
155 돈 에밀 졸라 | 유기환 옮김
156 젊은 예술가의 초상 제임스 조이스 | 진선주 옮김
157, 158, 159 카라마조프가의 형제들 표도르 도스토옙스키 | 김희숙 옮김

160 진 브로디 선생의 전성기 뮤리얼 스파크 | 서정은 옮김
161 13인당 이야기 오노레 드 발자크 | 송기정 옮김
162 하지 무라트 레프 톨스토이 | 박형규 옮김
163 희망 앙드레 말로 | 김웅권 옮김
164 임멘 호수·백마의 기사·프시케 테오도어 슈토름 | 배정희 옮김
165 밤은 부드러워라 F. 스콧 피츠제럴드 | 정영목 옮김
166 야간비행 앙투안 드 생텍쥐페리 | 용경식 옮김
167 나이트우드 주나 반스 | 이예원 옮김
168 소년들 앙리 드 몽테를랑 | 유정애 옮김
169, 170 독립기념일 리처드 포드 | 박영원 옮김
171, 172 닥터 지바고 보리스 파스테르나크 | 박형규 옮김
173 싯다르타 헤르만 헤세 | 권혁준 옮김
174 야만인을 기다리며 J. M. 쿳시 | 왕은철 옮김
175 철학편지 볼테르 | 이봉지 옮김
176 거지 소녀 앨리스 먼로 | 민은영 옮김
177 창백한 불꽃 블라디미르 나보코프 | 김윤하 옮김
178 슈틸러 막스 프리슈 | 김인순 옮김
179 시핑 뉴스 애니 프루 | 민승남 옮김
180 이 세상의 왕국 알레호 카르펜티에르 | 조구호 옮김
181 철의 시대 J. M. 쿳시 | 왕은철 옮김
182 카시지 조이스 캐럴 오츠 | 공경희 옮김
183, 184 모비 딕 허먼 멜빌 | 황유원 옮김
185 솔로몬의 노래 토니 모리슨 | 김선형 옮김
186 무기여 잘 있거라 어니스트 헤밍웨이 | 권진아 옮김
187 컬러 퍼플 앨리스 워커 | 고정아 옮김
188, 189 죄와 벌 표도르 도스토옙스키 | 이문영 옮김
190 사랑 광기 그리고 죽음의 이야기 오라시오 키로가 | 엄지영 옮김
191 빅 슬립 레이먼드 챈들러 | 김진준 옮김
192 시간은 밤 류드밀라 페트루솁스카야 | 김혜란 옮김
193 타타르인의 사막 디노 부차티 | 한리나 옮김
194 고양이와 쥐 귄터 그라스 | 박경희 옮김
195 펠리시아의 여정 윌리엄 트레버 | 박찬원 옮김
196 마이클 K의 삶과 시대 J. M. 쿳시 | 왕은철 옮김
197, 198 오스카와 루신다 피터 케리 | 김시현 옮김
199 패싱 넬라 라슨 | 박경희 옮김
200 마담 보바리 귀스타브 플로베르 | 김남주 옮김
201 패주 에밀 졸라 | 유기환 옮김
202 도시와 개들 마리오 바르가스 요사 | 송병선 옮김
203 루시 저메이카 킨케이드 | 정소영 옮김
204 대지 에밀 졸라 | 조성애 옮김
205, 206 백치 표도르 도스토옙스키 | 김희숙 옮김
207 백야 표도르 도스토옙스키 | 박은정 옮김
208 순수의 시대 이디스 워턴 | 손영미 옮김
209 단순한 이야기 엘리자베스 인치볼드 | 이혜수 옮김
210 바닷가에서 압둘라자크 구르나 | 황유원 옮김
211 낙원 압둘라자크 구르나 | 왕은철 옮김

212 피라미드 이스마일 카다레 | 이창실 옮김
213 애니 존 저메이카 킨케이드 | 정소영 옮김
214 지고 말 것을 가와바타 야스나리 | 박혜성 옮김
215 부서진 사월 이스마일 카다레 | 유정희 옮김
216 사람은 무엇으로 사는가 레프 톨스토이 | 이항재 옮김
217, 218 악마의 시 살만 루슈디 | 김진준 옮김
219 오늘을 잡아라 솔 벨로 | 김진준 옮김
220 배반 압둘라자크 구르나 | 황가한 옮김
221 어두운 밤 나는 적막한 집을 나섰다 페터 한트케 | 윤시향 옮김
222 무어의 마지막 한숨 살만 루슈디 | 김진준 옮김
223 속죄 이언 매큐언 | 한정아 옮김
224 암스테르담 이언 매큐언 | 박경희 옮김
225, 226, 227 특성 없는 남자 로베르트 무질 | 박종대 옮김
228 앨프리드와 에밀리 도리스 레싱 | 민은영 옮김
229 북과 남 엘리자베스 개스켈 | 민승남 옮김
230 마지막 이야기들 윌리엄 트레버 | 민승남 옮김
231 벤저민 프랭클린 자서전 벤저민 프랭클린 | 이종인 옮김
232 만년양식집 오에 겐자부로 | 박유하 옮김
233 이상한 나라의 앨리스 루이스 캐럴 | 존 테니얼 그림 | 김희진 옮김
234 소네치카·스페이드의 여왕 류드밀라 울리츠카야 | 박종소 옮김
235 메데야와 그녀의 아이들 류드밀라 울리츠카야 | 최종술 옮김
236 실종자 프란츠 카프카 | 이재황 옮김
237 진 알랭 로브그리예 | 성귀수 옮김

● 문학동네 세계문학전집은 계속 출간됩니다